文春文庫

残り香

新・秋山久蔵御用控（十一）

藤井邦夫

文藝春秋

残り香

新・秋山久蔵御用控（十一）

第一話

出戻り

一

西本願寺《にしほんがんじ》の鐘の音は、八丁堀《はっちょうぼり》に戌《いぬ》の刻五つ（午後八時）を報せた。

提灯《ちょうちん》の明かりは、歩く久蔵《きゅうぞう》の足許を照らしていた。

南町奉行所吟味方与力《ぎんみがたよりき》の秋山《あきやま》久蔵は、下男の太市《たいち》の提灯に足許を照らされて楓川《もみじがわ》に架かっている弾正橋《だんじょうばし》に差し掛かった。

刹那《せつな》、弾正橋の袂の暗がりに煌《きら》めきが瞬き、総髪の浪人が猛然と久蔵に斬り掛かった。

太市は、咄嗟《とっさ》に跳び退いて総髪の浪人に手にしていた提灯を投げ付けた。

提灯は燃え上がり、総髪の浪人は思わず怯《ひる》んだ。

次の瞬間、久蔵は踏み込んで抜き打ちの一刀を放った。
閃光が走った。
総髪の浪人は仰《の》け反《ぞ》り、大きく後退りした。
太市は、背後に廻って萬力鎖《まんりきぐさり》を出した。
久蔵と太市の息の合った動きは、総髪の浪人を瞬時に楓川の堀端に追い詰めた。
総髪の浪人は狼狽《うろた》えた。
「南の秋山久蔵と知っての狼藉《ろうぜき》かい……」
久蔵は、総髪の浪人に笑い掛けて間合いを詰めた。
太市は、萬力鎖を構えて迫った。
総髪の浪人は後退りした。
久蔵は笑った。
総髪の浪人は、暗い楓川に身を躍らせた。
水飛沫《みずしぶき》が月明かりに煌めいた。
久蔵と太市は、堀端に駆け寄って楓川の流れを覗いた。
楓川の流れには、月影が揺れているだけで総髪の浪人の姿は窺えなかった。
「旦那さま……」

「ああ。何者なのか……」

久蔵は、不敵な笑みを浮かべた。

月番の南町奉行所は、表門を八文字に開いて訴訟を受付けていた。

「此にございます……」

岡っ引の柳橋《やなぎばし》の幸吉《こうきち》は、緊張した面持ちで秋山久蔵に一枚の紙を差し出した。

久蔵は、幸吉が差し出した一枚の紙を手に取った。

「首一つ、二十五両。

南町奉行所吟味方与力秋山久蔵の首を獲った者には、賞金二十五両……」

久蔵は、紙に書かれている事を読んだ。

「秋山さま……」

定町廻《じょうまちまわ》り同心の神崎和馬《かんざきかずま》は、満面に厳しさを浮かべた。

「ああ。俺の首が二十五両か。本当なら随分と高値を付けてくれたもんだぜ」

久蔵は苦笑した。

「柳橋の、此奴はどうしたんだ」

和馬は、『首一つ、二十五両……』と書かれた紙を示した。

「由松《よしまつ》が谷中《やなか》の賭場で手に入れて来たんです」

幸吉は告げた。

「谷中の賭場……」

和馬は眉をひそめた。

「ええ。由松、ちょいと気になる事があって谷中の賭場に行ったんですが、その時に賭場の次の間の酒の置かれている処にあるのを見付けたそうです」

「誰が持っていたのかは……」

「今の処、分りませんが、由松が捜し始めています」

幸吉は、厳しい面持ちで告げた。

「そうか。秋山さま、何か心当りは……」

和馬は尋ねた。

「うむ。昨夜、迎えに来た太市と奉行所から帰る時、楓川の弾正橋で得体の知れぬ浪人に襲われた……」

久蔵は告げた。

「えっ……」

「秋山さま……」

和馬と幸吉は驚いた。

「うむ。それで捕らえようとしたのだが、楓川に飛び込んで逃げやがった」

久蔵は苦笑した。

「秋山さま。その得体の知れない浪人、ひょっとしたら此奴を見て……」

幸吉は、『首一つ、二十五両……』と紙を示した。

「かもしれないな……」

久蔵は頷いた。

「秋山さま、御屋敷の方は……」

和馬は、久蔵の命を奪う為、家族に危害を加えようとする者が現れるのを恐れた。

「うむ。太市がいるし、今日は大助《だいすけ》も学問所を休ませたよ」

久蔵は、それなりに護りを固めていた。

「余計な事かもしれませんが、あっしも雲海坊《うんかいぼう》と清吉《せいきち》を御屋敷の方に……」

「ほう。雲海坊と清吉が屋敷に来てくれているのか……」

「はい……」

幸吉は頷いた。

「そいつは心強いな」

久蔵は微笑《ほほえ》んだ。

「よし。柳橋の、此奴を秘かに廻した者が誰か突き止めるぜ」

和馬は告げた。

「心得ました」

幸吉は頷いた。

「和馬、柳橋の。そいつが本当かどうかは未だ良く分らない。余りのめり込まない方が良いかもしれないぜ……」

久蔵は苦笑した。


八丁堀岡崎町《おかざきちょう》にある秋山屋敷は、表門を閉めて静寂に覆われていた。

太市は、屋敷の周囲を見廻って表門脇の潜り戸を小さく叩いた。

覗き窓から大助が覗き、潜り戸を開けた。

太市は、素早く潜り戸を潜って屋敷内に入った。

「どうでした……」

大助と清吉が、緊張した面持ちで太市を見詰めた。

「今の処、妙な奴もいなければ、変わった様子もありませんよ」

太市は、小さな笑みを浮かべた。

「そうですか……」

大助と清吉は、安堵の笑みを浮かべた。

「ええ。じゃあ大助さま、此処はあっしと清吉が護ります。大助さまは、雲海坊さんとお屋敷の方を頼みます」

太市は、久蔵が留守の間の警備を任されており、大助も従うように命じられていた。

「心得ました。じゃあ……」

大助は、大小を腰に差し、木刀を担いで屋敷の台所に向かった。

勝手口の戸は開け放たれ、その前に置かれた縁台では老下男の与平《よへい》と雲海坊が腰掛けて長閑《のどか》に世間話をしていた。

おふみが、勝手口から茶を持って出て来た。

「雲海坊さん、お茶をどうぞ……」

おふみは、雲海坊に茶を差し出した。

「やあ。造作を掛けるね、おふみちゃん……」

雲海坊は微笑んだ。

「いいえ。与平さん、煎じ薬ですよ」

おふみは、与平に大ぶりの湯呑茶碗に入れた煎じ薬を差し出した。

「おふみちゃん、此奴は苦いんだよ……」

与平は、皺《しわ》だらけの顔を哀しげに歪めた。

「苦くても身体に良いんです。飲まなきゃあ駄目ですよ。与平さん……」

おふみは、子供に云い聞かせるように与平に告げた。

「うん……」

与平は、煎じ薬を嫌々啜《すす》った。

「ちゃんと飲むんですよ、与平さん。雲海坊さん、煎じ薬を棄てないように見張って下さい。お願いしますね」

おふみは、雲海坊に笑顔で頼んだ。

「ああ、引き受けたよ……」

雲海坊は苦笑した。

「じゃあ……」

おふみは、勝手口に戻って行った。

与平は、顔を歪めて煎じ薬を啜り続けた。

「与平さんは幸せ者だね」

雲海坊は、秋山家で大事にされている老下男の与平に笑い掛けた。

「そうとも雲海坊、儂《わし》は幸せ者だよ」

与平は、煎じ薬の苦さに顔を歪めて笑った。

「雲海坊さん……」

大助が表門からやって来た。

「やあ。大助さま、表や周りに変わった事はありませんか……」

雲海坊は尋ねた。

「はい。太市さんが見廻った限り、屋敷の周りには妙な奴もいなければ、変わった事もないそうです」

大助は報せた。

「そうですか……」

雲海坊は頷いた。

「はい。じゃあ、私は屋敷の中と裏を見廻って来ます」

「お気を付けて……」

「はい……」

大助は、木刀を握り直して勝手口から屋敷に入って行った。

秋山屋敷は表門と前庭を太市と清吉、裏手と屋敷内を老練な雲海坊と大助が警戒をし続けた。


谷中は東叡山寛永寺《とうえいざんかんえいじ》の北側に位置し、富籤《とみくじ》で名高い天王寺《てんのうじ》や岡場所などがある寺の多い町である。

数多い寺の中には、寺銭目当てに家作や離れ家などを博奕打《ばくちう》ちに賭場として貸している住職もいた。

由松、勇次《ゆうじ》、新八《しんぱち》は、手分けをして賭場や博奕打ちを当たった。

秋山久蔵の首に二十五両の金を懸けたのは誰なのか……。

もし、首を獲った時には誰に報せれば、二十五両の金が貰えるのか……。

由松、勇次、新八は、谷中界隈《かいわい》の博奕打ちの他に地廻りや遊び人などにも聞き込みを広げていった。

天王寺境内《けいだい》は参詣人で賑わっていた。

由松は、天王寺門前の古い蕎麦《そば》屋の暖簾《のれん》を潜った。

蕎麦屋の二階には、既に和馬、幸吉、勇次、新八が集まり、蕎麦を手繰《たぐ》っていた。

「遅くなりました……」

由松が入って来た。

「おう。先にやっているぜ。ま、腹拵《はらごしら》えをしてくれ」

幸吉は、由松に積まれた盛り蕎麦と天麩羅を示した。

「はい……」

由松は、幸吉の隣に座った。

新八が由松に盛り蕎麦と付け汁、天麩羅などを用意した。

「すまねえな。戴きます」

由松は、盛り蕎麦を食べ始めた。

僅かな刻《とき》が過ぎ、蕎麦を食べ終わった者は茶を啜った。

「さあて、何か分ったかな」

幸吉は茶を飲み、湯呑茶碗を置いた。

「あっしと新八が聞き込みを掛けた者の中にいましたよ。秋山さまの首に二十五両が懸けられているのを知っている奴……」

勇次は、聞き込みの首尾を報せ始めた。

「何処の誰だ……」

「博奕打ちの鹿造って奴ですがね。何処の誰の触れで、首を獲ったら誰に報せれば良いのかは知りませんでしたよ」

勇次は、腹立たしげに告げた。

新八は、隣で勇次の言葉に頷いた。

「そうか。由松の方はどうだった……」

「はい。勇次や新八と同じで大した聞き込みが出来ないので、秋山久蔵の首を獲る良い手立てがあり、獲ったら何処の誰に報せれば良いのか、言い触らして来ましたよ」

由松は、茶を飲んだ。

「言い触らし、近付いて来る者を待つか……」

和馬は、由松の腹の内を読んだ。

「はい。引っ掛かって来る野郎がいりゃあ良いんですがね」

由松は苦笑した。

「うむ。そいつは面白そうだな……」

和馬は、幸吉に笑い掛けた。

「ええ。由松、何か手伝う事はあるか……」

幸吉は尋ねた。

「どんな野郎が現れるか分らないので、新八にあっしを尾行《つけ》させて下さい」

「成る程。新八、聞いた通りだ。良いな」

幸吉は命じた。

「はい……」

新八は、緊張に喉を鳴らして頷いた。

和馬、幸吉、由松、勇次、新八は、打ち合わせと昼飯を終え、再び探索に向かった。

谷中の岡場所は昼から多くの客が訪れ、籬《まがき》の内の女郎たちの品定めをしていた。

さあて、誰か現れるか……。

由松は、辺りを窺いながら進んだ。

新八は、由松を尾行た。

派手な半纏《はんてん》を着た男が女郎屋から現れ、由松の背後に続いた。

現れたのか……。

新八は緊張した。

由松は、岡場所の賑わいを抜けて静かな寺の連なりに進んだ。

派手な半纏の男は続いた。

間違いない……。

新八は見定め、由松と派手な半纏の男を慎重に尾行た。


「兄い、ちょいと待ってくれ……」

来たか……。

由松は、男の呼び止める声に振り返った。

派手な半纏の男が、薄笑いを浮かべて由松に近付いた。

「何か用かい……」

由松は、近付いて来る派手な半纏の男に見覚えはなかった。

「兄い。触れの事でいろいろ訊いて歩いているそうですね」

派手な半纏の男は囁《ささや》いた。

引っ掛かった……。

「ああ。そいつがどうかしたかい……」

由松は、派手な半纏の男を見据えた。

「触れを叶える良い手があるとか……」

派手な半纏の男は、由松に探る眼を向けた。

「ああ……」

由松は頷いた。

「どんな手ですかい……」

派手な半纏の男は、由松に笑い掛けた。

「お前が二十五両で買ってくれるのか……」

由松は、嘲笑《ちようしよう》を浮かべた。

「いや。そいつは、あっしじゃあねえが、手立てによっては、買っても良いそうですぜ」

「そいつは誰だい……」

由松は、探りを入れた。

「それより、どんな手立てですかね」

派手な半纏の男は笑った。

「お前、名前は……」

「喜助《きすけ》ですぜ……」

「喜助か……」

「ええ。兄いは……」

「俺か、俺は由松って者だぜ」

由松は名乗った。

「由松さん、その手立てってのに間違いはないんですかい……」

「ああ……」

由松は頷いた。

「本当ですかい……」

喜助は、狡猾《こうかつ》な眼を向けた。

「喜助、俺は南町奉行所の同心の手先を勤めていた事があってな。だから、奴の事もいろいろ知っているんだぜ。弱味もな……」

由松は苦笑した。

「へえ。そうなんですかい……」

喜助は、感心したように頷いた。

「ああ……」

「分りました。由松さんの事を教えて相談してみます。明日の午《うま》の刻九つ（午後零時）に天王寺境内の茶店に来ては戴けませんか……」

喜助は告げた。

「明日午の刻九つ、天王寺の茶店か……」

「はい。如何ですかい……」

「分った。良いだろう」

由松は頷いた。

「ありがてえ。じゃあ由松さん、明日……」

喜助は、由松に笑い掛けて立ち去った。

由松は見送った。

物陰から新八が現れ、由松に駆け寄って来た。

「由松さん」

「名前は喜助。行き先と誰と逢うかだ」

由松は囁いた。

「承知……」

新八は、去って行く喜助を追った。

「後から行く。気を付けてな」

由松は、充分な距離を取って新八に続いた。


谷中の連なる寺からは、僧侶の読む経が響いていた。

喜助は、振り返りながら谷中の寺町を西に向かって進んだ。

新八は、慎重に尾行た。

西には根津権現《ねづごんげん》がある。

行き先は根津権現か……。

新八は、喜助の行き先を読んだ。

喜助は進んだ。

新八は追った。

喜助は、根津権現門前の宮永町《みやながちょう》にある開店前の小料理屋に入った。

新八は、物陰から見届けて緊張を解いた。

開店前の小料理屋の腰高障子には、『初音《はつね》』の文字が書かれていた。

新八は、小料理屋『初音』の様子を窺った。

由松が追って来た。

「あの小料理屋か……」

「ええ。初音、どんな小料理屋なのか……」

新八は眉をひそめた。

「よし。ちょいと聞き込んで来る。見張りを頼むぜ」

「承知……」

由松は、新八を小料理屋『初音』の見張りに残して聞き込みに走った。

「小料理屋の初音……」

宮永町の老木戸番は訊き返した。

「ああ。どんな店かな……」

由松は頷き、尋ねた。

「酒や料理は美味《うま》く、女将《おかみ》のおさわさんも評判は良いんだがね……」

老木戸番は苦笑した。

「何か評判の悪い事もあるのかな」

「ああ。女将の情夫《おとこ》、唐沢弥十郎《からさわやじゆうろう》って浪人でね……」

「唐沢弥十郎……」

由松は眉をひそめた。

「うん。いろいろと噂のある得体の知れない野郎でな。女将も何処が良いのか……」

「そんな浪人がいるのか……」

喜助が相談する相手は、浪人の唐沢弥十郎なのか……。

由松は読んだ。

二

暮六つ（午後六時）。

南町奉行所は表門を閉めた。

「して、屋敷に変わりはないのだな……」

久蔵は、迎えに来た太市に尋ねた。

「はい。大助さまと助っ人に来てくれた雲海坊さんや清吉と厳しく警戒した所為《せい》か、変わりはありません」

太市は報せた。

「そうか。よし、屋敷に帰るぞ……」

「はい……」

太市は、厳しい面持ちで頷いた。

町は大禍時《おおまがとき》の青黒さに覆われ、家路を急ぐ者たちが足早に行き交っていた。

久蔵は、太市と外濠に架かっている数寄屋橋御門《すきやばしごもん》を渡り、日本橋《にほんばし》に続く往来を京橋《きょうばし》に向かった。

太市は、久蔵の背後を進み、行き交う者たちを警戒した。

久蔵は、京橋を渡って竹河岸《たけがし》に曲がった。

太市は続いた。

その先には楓川があり、架かっている弾正橋を渡ると八丁堀に出る。

久蔵と太市は、弾正橋を渡った。

弾正橋の袂から勇次が現れ、久蔵と太市の背後を行く者を警戒しながら続いた。


八丁堀岡崎町秋山屋敷は静かだった。

久蔵と太市は、何事もなく屋敷に帰った。

太市は、表門脇の潜り戸を叩いた。

「お帰りだ……」

太市は、潜り戸の内に告げた。

「お帰りなさいませ」

清吉が潜り戸を開け、久蔵と太市を迎えた。

「御苦労だな、清吉。後から勇次か新八が来る。潜り戸を開けて置いてやりな」

久蔵は、清吉に笑い掛けて屋敷に向かった。

「は、はい。心得ました」

清吉は、戸惑った面持ちで頭を下げて久蔵を見送った。

「太市さん……」

「うん……」

太市は、表門前の通りを窺った。

勇次がやって来た。

「勇次……」

「太市さん、親分に云われて弾正橋から追って来ましたが、妙な野郎が尾行たり、見張ったりしちゃあいませんでしたぜ」

勇次は笑った。

「そうか、後ろを見張ってくれたのか……」

太市は、柳橋の幸吉たちの気遣いを知った。

「太市さん、秋山さまは勇次の兄貴の事、御存知だったのですかね」

清吉は眉をひそめた。

「いや。何も聞いちゃあいない筈だが……」

「じゃあ、秋山さま。途中で勇次の兄貴に気が付かれたんですかね」

清吉は読んだ。

「きっとな。そいつが剃刀《かみそり》久蔵、うちの旦那さまだよ」

太市は苦笑した。

燭台《しょくだい》の火は揺れた。

久蔵は、訪れた和馬と幸吉を座敷に招いた。

「浪人の唐沢弥十郎……」

久蔵は眉をひそめた。

「はい。由松が秋山さまの首を獲る手立てがあり、首を獲ったら誰に報せれば良いのかと触れて歩いたら、喜助って野郎が首を獲る手立てを売っているのかと近付いて来たそうでしてね。その喜助を追った処、唐沢弥十郎のいる小料理屋に行ったそうでしてね」

和馬は告げた。

「成る程。それで唐沢弥十郎か……」

久蔵は苦笑した。

「はい。御存知ですか……」

幸吉は尋ねた。

「いや。名を聞いた覚えはない……」

「そうですか……」

「ま、面を拝んでみればどうだかは分からないがな。で……」

久蔵は、話の先を促した。

「はい、由松の秋山さまの首を獲る手立てを買うかどうかは、明日午の刻、天王寺境内の茶店で逢って返事をするとか……」

幸吉は告げた。

「うむ。して、由松は俺の首をどんな手立てで獲ると云うつもりなんだい……」

久蔵は、面白そうに尋ねた。

「秋山さま、由松は唐沢弥十郎の腹の内を見定めるのが狙いでして、そこ迄は……」

幸吉は眉をひそめた。

「そうか。じゃあ柳橋の、俺には向島《むこうじま》に別宅があり、五日に一度は一人で行き、女と逢引きしていると、由松に伝えさせるんだな」

久蔵は、己を餌《えさ》にして敵を誘《おび》き出そうとしている。

「秋山さま……」

和馬と幸吉は、懸念を浮かべた。

「和馬、柳橋の。護りを固めるのも肝要だが、それだけじゃあ埒《らち》が明かねえ。こっちからもちょいと攻めてみるぜ」

久蔵は、不敵な笑みを浮かべた。

柳橋の幸吉は、勇次を連れて根津権現門前宮永町の小料理屋『初音』を訪れ、見張っている由松と新八に逢った。

そして、由松と新八に久蔵の企てを報せた。

「流石《さすが》は秋山さま、良い度胸ですね」

由松は感心した。

「ああ。で、此から向島の御隠居の処に走って女と逢引きをする別宅を調達する。別宅が決まったら直ぐに報せるぜ」

幸吉は告げた。

「承知……」

由松は頷いた。

幸吉と勇次は、向島の弥平次《やへいじ》の隠居家に急いだ。

小料理屋『初音』は、昨夜の賑わいの残滓《ざんし》を漂わせて未だ眠っていた。

由松は、新八と見張りを続けた。

久蔵は、太市を従えて南町奉行所に出仕した。

秋山屋敷は、大助、雲海坊、清吉によって護られた。

香織《かおり》は、屋敷内に呼んだ与平に小春《こはる》を付け、おふみと共に警戒を厳しくしていた。


「で、秋山さまが女と逢引きする家か……」

隠居の弥平次は、幸吉の話を聞いて面白そうに笑った。

「ええ。何か都合の良い家はありますか……」

幸吉は苦笑した。

「ああ。諏訪明神《すわみようじん》前の土手を下りた処に地本《じほん》問屋の持ち家があってな。時々戯作《げさく》者《しや》や絵師が泊まり込んで仕事をしているが、空いていれば借りられるだろう」

弥平次は告げた。

「そいつは良い。諏訪明神前の土手を下りた処ですね。ちょいと見て来ます。勇次」

「はい……」

勇次は頷いた。

「よし。俺も行くぜ」

弥平次は、気軽に腰をあげた。


諏訪明神前の土手に小道があり、下った処に垣根を廻した小さな家があった。

「此処ですか……」

幸吉は、隅田川に臨む垣根に囲まれた小さな家を眺めた。

「ああ。女と逢引きするのに丁度良いし、何と云っても俺の隠居家とも近いからな」

弥平次は笑った。

「ええ。で、御隠居、此の家の持ち主の地本問屋ってのは……」

「日本橋通油町《とおりあぶらちょう》の地本問屋の亀喜《かめき》だぜ」

「通油町の亀喜……」

「うん。俺の口利きだと云えば、おそらく貸して貰えるだろう」

「そいつはありがたい。よし、勇次、俺は亀喜に行く。お前は此の事を由松にな」

「承知」

勇次は頷いた。

「お義父《と》っつぁん、じゃあ……」

「うん。幸吉、決まったら、此の家の留守番親父は俺が引き受けるぜ」

弥平次は、楽しそうに笑った。


天王寺境内には参拝客が行き交っていた。

鐘楼では、坊主が午の刻九つの鐘を撞《つ》き始めた。

境内の隅の茶店では、由松が縁台に腰掛けて茶を啜っていた。

幸吉と勇次は、巻羽織を脱いだ和馬と共に茶店を見張っていた。

「神崎の旦那、親分……」

新八が駆け寄って来た。

「来たか……」

「ええ。喜助が初音に迎えに行き、瘦せた総髪の浪人とこっちに来ます」

新八は報せ、山門を見た。

半纏を着た男が、瘦せた総髪の浪人と山門を入って来た。

「奴らです……」

新八は示した。

「唐沢弥十郎か……」

和馬は、瘦せた総髪の浪人を見詰めた。

「ええ。きっと……」

新八は、喉を鳴らして頷いた。

和馬、幸吉、勇次は、唐沢弥十郎と喜助を見守った。

喜助と唐沢は、茶店に向かった。


来た……。

由松は、茶を啜って湯呑茶碗を置いた。

「やあ。由松の兄い……」

「おう……」

「此方はあっしが御世話になっている旦那でしてね。話が聞きたいそうですぜ」

喜助は、唐沢弥十郎の名を云わなかった。

「そうかい……」

由松は苦笑し、唐沢に会釈をした。

「由松とやら、詳しい手立てを聞かせて貰えるかな」

唐沢は、由松に粘り着くような眼を向けた。

「そいつは良いですが、幾ら戴けますか……」

由松は、唐沢を見返した。

「三両……」

「三両……」

「ああ。事が上首尾に終わったならな」

「さあて、そいつはどうですかね。相手は腕の立つ剃刀、旦那に首を獲れるかどうか……」

由松は笑い掛けた。

「由松……」

唐沢は、厳しさを滲ませた。

「旦那、五両で如何ですかい……」

「五両……」

唐沢は眉をひそめた。

「ええ。五両で剃刀が女を抱いて寝込んだ処を闇討出来ますぜ」

由松は、狡猾な笑みを浮かべて見せた。

「女を抱いて寝込んだ処か……」

「ええ……」

由松は頷いた。

「良かろう。五両だな……」

唐沢は、財布から五枚の小判を出して由松に渡した。

「聞かせて貰おうか、奴が女を抱いて寝込む処を……」

「向島に奴の別宅がありましてね……」

由松は、五枚の小判を握り締めて薄笑いを浮かべて話し始めた。


「どうやら首尾良くいったようだな」

和馬は読んだ。

「ええ……」

幸吉は笑った。

由松は、唐沢弥十郎と話し続けていた。

「よし。勇次、向島の御隠居の処に走り、手筈通りに事を進めて下さいとな」

幸吉は命じた。

「はい。じゃあ……」

勇次は、向島に向かって走った。

「さあて、唐沢弥十郎、どう動くか……」

和馬は、由松と話をしている唐沢弥十郎を眺めた。

「それにしても旦那、秋山さまの首に二十五両の金を懸けたのは唐沢弥十郎ですかね」

幸吉は首を捻った。

「うん。自分で殺《や》るなら金を懸ける必要はないか……」

和馬は、幸吉の懸念を読んだ。

「ええ。金を懸けた者は他にいますか……」

幸吉は読んだ。

「うむ。そして、そいつが誰か、唐沢弥十郎は知っている……」

和馬は睨んだ。

「ええ……」

幸吉は頷いた。

「そうか。唐沢弥十郎、由松の話を買ったか……」

久蔵は笑った。

「はい。女を抱いて寝込んだ処を闇討出来る向島の別宅の話を五両で……」

和馬は告げた。

「して、向島の方は……」

「はい。柳橋が、御隠居の口利きで諏訪明神前の土手を下りた処にある地本問屋亀喜の持ち家を借りましてね。御隠居に頼んで近くの寺や神社、茶店の者に手を廻しています」

和馬は説明した。

「そうか。柳橋と御隠居のやる事だ。ま、抜かりはあるまい……」

久蔵は、小さな笑みを浮かべた。

「はい。おそらく今頃は、喜助が由松と下見に行っているでしょう」

「うむ。して、唐沢弥十郎は……」

「喜助や由松と別れ、根津権現門前の小料理屋に帰ったものと。新八が追っています」

「そうか。和馬、その小料理屋の女将、何て名前だったかな」

「小料理屋の屋号は初音。女将は確かおさわって名前だと聞いています」

「おさわか、歳の頃は……」

「年増だと云いますから三十前後ですか……」

「三十前後か……」

「何か心当りでも……」

和馬は眉をひそめた。

「今の処はない」

「そうですか。秋山さま……」

「何だ」

「此度の金主、唐沢弥十郎だと……」

「いや。俺の首に二十五両の金を懸けた奴は別にいる」

久蔵は睨んだ。

「やはり……」

「うむ。で、唐沢弥十郎はそいつが誰か知っている筈だ」

「では……」

「ああ。唐沢を捕らえて吐かせる」
久蔵は笑った。

浪人の唐沢弥十郎は、小料理屋『初音』に真っ直ぐに戻った。
新八は見届け、見張りを続けていた。
刻は過ぎた。
女将のおさわが、小料理屋『初音』の裏口から出て来た。
女将のおさわ……。
新八は見守った。
おさわは、辺りを見廻して不審がないと見定め、不忍池《しのばずのいけ》に向かった。
どうする……。
新八は、おさわを追うかどうか迷った。
おさわは、足早に出掛けて行く。
追ってみる……。
新八は決め、おさわを追った。

隅田川からの風が吹き抜け、向島の土手道に土埃が僅かに舞った。

喜助は、諏訪明神前の土手道に佇《たたず》み、隅田川を眺めた。

「あの家だぜ」

由松は、土手の小道の下りた処にある垣根に囲まれた小さな家を指差した。

「うん……」

喜助は、油断のない眼差しで小さな家を窺った。

小さな家では、下男に扮した弥平次が垣根の手入れをしているのが見えた。

「留守番の爺さんか……」

「ああ……」

由松は頷いた。

若い百姓が竹籠を背負い、土手道をやって来た。

「ちょいと尋ねますが……」

喜助は、若い百姓に声を掛けた。

「はい。何ですかい……」

若い百姓は勇次だった。

親分は見張っている……。

由松は気が付いた。

「あの家、誰の家か知っているかな……」

喜助は、小さな家を示した。

「ああ。あの家は旗本の別宅だそうですよ」

勇次は告げた。

「へえ、何て旗本かな……」

「さあて、青山さまだったか、秋山さまだったか……」

清吉は首を捻った。

「そうかい。造作を掛けたね」

喜助は礼を云った。

勇次は、立ち去って行った。

親分と御隠居は、抜かりなく手を打っている……。

それは、諏訪明神の下男や禰宜《ねぎ》は勿論、近くの寺や茶店の者にも行き届いている筈だ。

由松は、小さく笑った。

隅田川からの風が吹き抜けた。

小料理屋『初音』の女将おさわは、不忍池の畔《ほとり》を進んで下谷広小路《したやひろこうじ》に出た。

何処に行くのだ……。

新八は追った。

おさわは、下谷広小路の賑わいを抜けて御徒町《おかちまち》に入った。そして、忍川《しのぶがわ》沿いを通って御徒町を抜け、筑後国柳河藩《ちくごのくにやながわはん》江戸上屋敷裏の旗本屋敷の裏手に廻った。

新八は、路地の入口から旗本屋敷の裏手を窺った。

おさわは、旗本屋敷の裏門に入って行った。

新八は見定めた。

旗本屋敷は誰の屋敷で、おさわはどんな拘《かかわ》りがあるのか……。

新八は気になった。

箒《ほうき》を持った中間《ちゅうげん》が、裏門から出て来た。

よし、一か八かだ……。

「ちょいとお尋ねしますが……」

新八は、掃除を始めた中間に近付いた。

中間は、掃除の手を止めて振り返った。

「今入って行った女の人、元黒門町《もとくろもんちょう》のおとせさんじゃありませんか……」

「いや。違うよ」

「えっ。ですが、あの顔はどう見ても……」

新八は眉をひそめた。

「あの女の人はおさわさんと云ってね。その昔、お嬢さま付きの女中だった人だよ」

中間は苦笑した。

「そうか。似ているだけの人違いか。御造作をお掛けしました」

新八は、中間に会釈をして旗本屋敷から離れた。

三

旗本屋敷の主の内藤監物《ないとうけんもつ》は、二千石取りの旗本だった。そして、浪路《なみじ》と云う娘は旗本に嫁いだが、夫を亡くして後家となり、実家に戻っていた。

小料理屋『初音』の女将のおさわは、かつて内藤家に奉公し、娘浪路のお付き女中をしていた。

新八は、根津権現門前宮永町の小料理屋『初音』に急いで戻り、再び唐沢弥十郎の見張りに付いた。

僅かな刻が過ぎた。

喜助が戻って来た。

新八は見届けた。

「唐沢に動きはないか……」

由松が現れた。

「実は、女将のおさわが動きましてね。ちょいと追ってみたんです」

新八は告げた。

「女将のおさわが……」

由松は眉をひそめた。

「ええ……」

「何処に行ったんだ」

「そいつが、三味線堀の柳河藩江戸上屋敷裏にある内藤監物って旗本の屋敷で……」

「旗本の内藤監物……」

「ええ。おさわ、その昔、内藤家の浪路って出戻り娘のお付きの女中をしていたそうでしてね、きっと……」

「その出戻り娘に逢いに行ったか……」

「ええ。で、喜助は……」

「向島の家の下見だ」

「で、どうでした……」

「親分と御隠居に抜かりはないさ」

「じゃあ……」

「ああ。秋山さまが向島で女と逢引きをするのは今夜だ。どうするかな……」

由松は、冷ややかな笑みを浮かべた。

「由松さん……」

新八は、帰って来た女将のおさわを示して物陰に入った。

由松が続いた。

おさわは、足早に帰って来て小料理屋『初音』に入った。

僅かな刻が過ぎ、小料理屋『初音』の腰高障子が開いた。

喜助が現れ、不忍池に向かった。

「由松さん、追います」

新八は告げた。

「うん。気を付けてな」

「はい。じゃあ……」

新八は、喜助を追った。

浪人の唐沢弥十郎が、女将のおさわに見送られて小料理屋『初音』から出て来た。

由松は見守った。

「じゃあお前さん、宜しくお願いしましたよ」

おさわは、厳しい面持ちで告げた。

「うむ……」

唐沢弥十郎は、冷笑を浮かべて頷き、やはり不忍池の方に向かった。

おさわは見送り、『初音』に戻った。

由松は、唐沢弥十郎を追った。

唐沢弥十郎は、不忍池の畔から下谷広小路を横切り、新寺町から浅草に向かった。

由松は、慎重に尾行た。

唐沢は、東本願寺の裏にある古寺の崩れ掛けた山門を潜った。

由松は見届けた。

古寺は既に無住の荒れ寺であり、食詰め浪人や博奕打ちたちが屯《たむろ》して賭場を開いたりしていた。

唐沢は何しに来たのか……。

由松は窺った。


南町奉行所は表門を閉める刻限が近付き、人々は忙しく出入りしていた。

喜助は、物陰に佇んで南町奉行所を見張り始めた。

秋山さまが出て来るのを待っている……。

新八は睨んだ。


「おう。新八、どうした……」

久蔵は、用部屋から濡れ縁に下りて庭先に控えている新八と向かい合った。

「はい。表門前に喜助が来て秋山さまが出て来るのを待っているようです」

新八は、久蔵に報せた。

「そうか。俺が本当に向島に行くかどうか見定めようって魂胆だな」

久蔵は苦笑した。

「はい。きっと……」

新八は頷いた。

「どうやら、唐沢弥十郎と喜助、由松の話を信用したようだな」

久蔵は読んだ。

「はい。喜助、由松さんと向島の家に行っていろいろ確かめたようです」

「そうか……」

「はい……」

「よし。暮六つに着流しで南町奉行所を出て、塗笠を被って向島に行く。新八は俺を尾行る喜助から眼を離すな」

久蔵は命じた。

「はい。承知致しました」

新八は平伏した。

「よし……」

　久蔵は頷いた。


　暮六つの鐘が鳴り、南町奉行所の表門は閉められた。

　着流しの久蔵が現れ、辺りを見廻して塗笠を被り、外濠に架かっている数寄屋橋御門に向かった。

　喜助は、物陰を出て久蔵を追った。

　読み通りだ……。

　新八は、喜助に続いた。


　東本願寺裏の荒れ寺には、食詰め浪人や博奕打ちたちが出入りした。

　由松は、見張り続けた。

　唐沢弥十郎が出て来る事はなく刻は過ぎた。

　陽は沈み、大禍時が訪れた。

　荒れ寺から人の出て来る気配がした。

　由松は、物陰に潜んで見守った。

唐沢弥十郎が、四人の浪人たちと一緒に荒れ寺から出て来た。

闇討の浪人を雇って向島に行く……。

由松は読んだ。

唐沢弥十郎と浪人たちは、浅草広小路に向かった。

由松は追った。


隅田川の流れに月影が揺れた。

向島、諏訪明神前の土手の家には、明かりが灯された。

囲炉裏《いろり》の火は燃え、掛けられた雑炊の鍋からは湯気が立ち昇っていた。

「今夜、来ますかね……」

幸吉は、鍋の雑炊の様子を見た。

「秋山さまが此処に来るのは時々。喜助の野郎が様子を窺いに来たからには、おそらく今夜だろうな……」

弥平次は読んだ。

戸口が小さく叩かれた。

「俺だ……」

和馬の声がした。

幸吉は、板戸を開けた。

百姓姿の和馬と勇次が入り、幸吉が素早く戸を閉めた。

「どうです……」

「今の処、家の周囲に変わった様子はない」

和馬は告げた。

「そうですか。ま、雑炊を食べて腹拵えをして下さい」

幸吉は、和馬に雑炊を勧めた。

「うん。美味そうだな」

「勇次、お前もな……」

幸吉は勧めた。

「はい。戴きます」

和馬と勇次は、囲炉裏端に座って雑炊を食べ始めた。


隅田川に船の明かりが煌めいた。

吾妻橋《あづまばし》を渡った久蔵は、肥後国熊本新田藩《ひごのくにくまもとしんでんはん》江戸下屋敷の前を北に曲がり、向島に向かった。
喜助は尾行た。
久蔵は、水戸藩《みとはん》江戸下屋敷の前を抜けて向島の土手道を進んだ。
桜の木の続く土手道に人影はなかった。
久蔵は、長命寺《ちょうめいじ》の門前を通って諏訪明神に差し掛かった。
諏訪明神前の土手の小道の先にある垣根に囲まれた家には明かりが灯されていた。
久蔵は、土手の小道を下りて垣根に囲まれた家に向かった。
喜助は、木陰から見届けた。
久蔵は、由松の云う通りに向島の家に来た。
逢引きの相手の女は、おそらくもう来ているのだ。
喜助は、木陰を出て土手道を戻り始めた。
新八は追った。

「やあ。御隠居、いろいろ造作を掛けるな」
久蔵は、塗笠を取って弥平次に笑い掛けた。

「いいえ。秋山さまの首に金を懸けるとは身の程知らずな奴ですね」

弥平次は、腹立たしげに告げた。

「長い与力暮らしだ。恨んでいる者も多いし、いろいろいるさ」

久蔵は苦笑した。

「今の処、家の周囲には不審な者も変わった様子もありません」

和馬は告げた。

「うむ。奉行所で喜助が見張っていた。新八が追って来る筈だが、来ない処をみると、喜助が此処を見張り始めたのか、唐沢弥十郎と何処かで落ち合っているかだ」

久蔵は読んだ。

「はい。気になるのは、唐沢弥十郎が助っ人を何人連れて来るかですね」

幸吉は眉をひそめた。

「うむ。こっちは俺と和馬、柳橋に勇次、由松、新八、それに御隠居の七人か……」

「はい……」

幸吉は、厳しい面持ちで頷いた。

「なあに、唐沢弥十郎が助っ人を何人集めようが、所詮は金が目当ての烏合《うごう》の衆。唐沢を始末すれば蜘蛛《くも》の子を散らすさ」

弥平次は睨んだ。

「おそらく御隠居の睨み通りだ。とにかく唐沢弥十郎を捕らえ、俺の首に金を懸けたのが誰か吐かせる」

久蔵は、不敵に云い放った。

浅草花川戸町は、吾妻橋の西詰から隅田川沿いを北に続いている。

居酒屋は吾妻橋の近くにあり、酔客で賑わっていた。

由松は、物陰から居酒屋に出入りする者を見張っていた。

喜助がやって来た。

由松は、物陰に隠れた。

喜助は、居酒屋に入って行った。

新八が追って現れた。

由松は、口笛を短く鳴らした。

新八が気が付き、由松の許にやって来た。

「由松さん、唐沢弥十郎、あの居酒屋ですか」

新八は、喜助の入った居酒屋を見詰めた。

「ああ。助っ人の浪人四人とな……」

由松は嘲笑《あざわら》った。

「都合六人ですか……」

新八は人数を数えた。

「ああ。奴ら此処で刻を過ごし、秋山さまの寝込みを襲うつもりだぜ」

由松は読んだ。

「ええ……」

新八は頷いた。

「よし。新八、此の事を秋山さまや親分たちに報せてくれ。俺は奴らと一緒に行く」

「承知。じゃあ……」

新八は、由松を残して向島に向かった。

由松は、居酒屋を見詰めた。

酔客たちの賑やかな笑い声が、居酒屋から溢れた。

「助っ人の浪人が四人か……」

久蔵は眉をひそめた。

「はい。唐沢弥十郎と喜助を入れて都合六人で襲う企みです」

新八は報せた。

「うむ……」

「で、由松さんが見張り、一緒に来るそうです」

「よし。御苦労だった」

久蔵は労《ねぎら》った。

「はい……」

「新八、一息いれな」

幸吉は命じた。

「新八、腹が減っているのなら、雑炊が出来ているぜ」

弥平次は、囲炉裏端の嬶座《かかざ》から勧めた。

「そいつはありがたい。戴きます」

新八は、嬉しげに囲炉裏端に行った。

和馬が奥から出て来た。

「未だ勇次が見張っていますが、今の処、裏手に変わった様子はありません」

「うん。唐沢弥十郎と喜助、四人の浪人は花川戸の居酒屋で闇討の時を待っているそうだ」

久蔵は笑った。

隅田川から船の櫓《ろ》の軋《きし》みが響いていた。

金龍山浅草寺《きんりゅうざんせんそうじ》の鐘が鳴り始めた。

戌の刻五つか……。

由松は、家並《やな》みの向こうに見える浅草寺の伽藍《がらん》を眺めた。

浅草寺の伽藍は、蒼白い月明かりに浮かんでいた。

居酒屋の腰高障子が開いた。

由松は、物陰から窺った。

唐沢弥十郎と喜助、四人の浪人が居酒屋から出て来た。

向島に行く……。

由松は読み、吾妻橋に向かう唐沢弥十郎と喜助たちを見届けた。

よし……。
由松は、吾妻橋の袂に先廻りをする事にして裏路地を走った。
夜の吾妻橋に行き交う人はいなかった。
由松は、唐沢弥十郎と喜助たちがやって来るのを見定め、吾妻橋を先に渡り始めた。
前を行って尾行る……。
由松は、背後から来る唐沢と喜助たちを窺いながら吾妻橋を渡り、向島に向かった。
唐沢と喜助、四人の浪人は、由松に続いて吾妻橋を渡った。
追って来る者はいない……。
唐沢と喜助は、背後を警戒しながら進んだ。
四人の浪人は、人を斬りに行く殺気と昂ぶりを滲ませて向島に進んだ。
唐沢弥十郎と喜助、四人の浪人は、向島の土手道を進んで長命寺の前を通り過ぎた。

諏訪明神は近い。

間違いない……。

行き先は、諏訪明神前の家だ。

由松は見定めて、一気に足取りを速めた。

唐沢と喜助、四人の浪人は向島の土手道を進んだ。

前を行く男は、いつの間にか夜の闇に消えていた。

唐沢と喜助は、気にも留めずに進んだ。


小さな家の戸が小さく叩かれた。

幸吉と新八は、素早く戸口に寄った。

「何方ですかい……」

弥平次は尋ねた。

「あっしです……」

由松の声がした。

新八が戸を開けた。

由松が素早く入り込んだ。

囲炉裏端に久蔵と弥平次、框《かまち》や土間に和馬、幸吉、勇次、新八がいた。

「御苦労さん、唐沢たちが来るようだな」

久蔵は笑い掛けた。

「はい。唐沢と喜助、助っ人の浪人が四人です」

由松は告げた。

「よし。町奉行所の俺たちは生かして捕らえるのが役目だが、金主を知っている唐沢弥十郎以外の者は、それに及ばねえ。叩きのめして追い返すのも、隅田川に叩き込むのも、手に余れば、息の根を止めるのも構わねえ」

久蔵は、厳しい面持ちで告げた。

「じゃあ秋山さま、私と新八は外に潜み、奴らを背後から攻めます」

「うむ。そうしてくれ……」

「はい。じゃあ新八……」

「合点です……」

和馬と新八は、家の外に出て行った。

残った久蔵、弥平次、幸吉、由松、勇次は、それぞれの得物《えもの》を仕度した。

和馬と新八は、家の前の垣根の陰に潜んで土手道を見上げた。

土手道に喜助が現れ、家の様子を窺った。

唐沢弥十郎と四人の浪人が、喜助の傍に現れて何事か言葉を交わした。

和馬と新八は見守った。

喜助と四人の浪人が、土手の小道を下りて家に近寄った。そして、戸口に忍び寄り、家の中の様子を窺った。

唐沢は、背後で見守った。

家は静かであり、不審な様子は窺えなかった。

喜助は頷き、戸を開けた。

戸は開いた。

四人の浪人は踏み込んだ。


四人の浪人は、家の土間に踏み込んだ。

板の間の囲炉裏端に弥平次がいた。

「なんだ、お前たちは……」

弥平次は、厳しく四人の浪人を見据えた。

「爺い、秋山久蔵は何処だ」

浪人の一人が、弥平次に刀を突き付けた。

「俺なら此処だぜ」

久蔵が冷笑を浮かべ、板の間に続く座敷に現れた。

四人の浪人は、戸惑いながらも身構えた。

刹那、弥平次が囲炉裏に掛けた鍋の熱湯を柄杓《ひしゃく》で四人の浪人に浴びせた。

四人の浪人は驚き、怯んだ。

幸吉、由松、勇次が様々な処から現れ、熱湯を浴びせられて狼狽える四人の浪人に襲い掛かった。

幸吉が十手で叩き伏せた。

由松が角手《かくて》で刀を握る腕を鷲摑《わしづか》みにし、鼻捻《はなねじ》で殴り飛ばした。

勇次は、六尺棒で激しく腹を突き飛ばした。

久蔵は、木刀で鋭く打ち据えた。

浪人たちは悲鳴を上げた。

喜助と唐沢弥十郎は、慌てて土手道に逃げようとした。

和馬と新八が現れ、行く手を塞いだ。

唐沢と喜助は怯んだ。

久蔵と由松が家から出て来た。

「よ、由松……」

喜助は驚いた。

「おのれ……」

唐沢は、由松に誑《たぶら》かされたのに気が付いて顔を醜く歪めた。

「唐沢弥十郎、俺の首に金を懸けた奴が何処の誰か教えて貰おうか……」

久蔵は、唐沢に笑い掛けた。

「黙れ、秋山久蔵……」

唐沢は、久蔵に抜き打ちの一刀を放った。

久蔵は、咄嗟に手にしていた木刀で受けた。

木刀の先が斬り飛ばされた。

久蔵は跳び退き、静かに刀を抜いた。

由松は退った。

久蔵と唐沢弥十郎は対峙《たいじ》した。

喜助は、激しく震えた。

和馬、新八、由松は見守った。

家から弥平次、幸吉、勇次が現れた。

「唐沢、お前が素直に吐けば、捕らえた助っ人の浪人共を放免してやっても良いんだぜ」

久蔵は告げた。

「それには及ばぬ……」

唐沢は、怒りを滲ませた。

「ならば、捕らえて吐かせる迄……」

久蔵は、踏み込んで間合いを詰めた。

唐沢は退き、間合いを保った。

喜助が喚き声を上げ、土手道に走った。

新八は、素早く萬力鎖を投げた。

萬力鎖は、逃げる喜助の脚に絡み付いた。

喜助は倒れた。

新八は、喜助に飛び掛かって縄を打った。

唐沢は、狼狽えた。
久蔵は、鋭い一刀を放った。
唐沢は咄嗟に受けた。
甲高い音が響き、唐沢の刀が夜空に飛んだ。
久蔵は、唐沢の喉元に刀を突き付けた。
唐沢は、仰け反り後退した。
「此迄だ。唐沢……」
久蔵は笑った。
次の瞬間、唐沢は脇差しを抜いて己の腹に突き刺した。
和馬、弥平次、幸吉、由松、新八、勇次は驚き、立ち竦《すく》んだ。
唐沢は倒れた。
「医者だ。唐沢を家に運べ……」
久蔵は命じた。

四

浪人の唐沢弥十郎は、駆け付けた医者の手当ての甲斐もなく絶命した。

唐沢が自刃した今、久蔵の首に二十五両の金を懸けた者への手掛りは失せた。

和馬と幸吉は、喜助を大番屋の詮議場に引き据えた。

「喜助、死んだ唐沢弥十郎は秋山さまの首に金を懸けた奴を知っていたな……」

和馬は訊いた。

「は、はい……」

喜助は頷いた。

「そいつは何処の誰なんだ……」

「手前は知りません……」

「喜助、大番屋に来て未だ惚《とぼ》ける気か……」

幸吉は苦笑した。

「親分さん、本当です、あっしは本当に知らないんです」

喜助は、必死な面持ちで告げた。

「ならば喜助、唐沢と付合いのある者の中に懸ける金のある者はいるか……」

和馬は尋ねた。

「時々、唐沢の旦那を用心棒に雇っていた呉服屋や米屋の旦那ぐらいですか……」

「何処の呉服屋と米屋だ……」

幸吉は訊いた。

「はい……」

喜助は、呉服屋と米屋の屋号と場所を告げた。

「知っているか、柳橋の……」

「いいえ。ま、どんな者たちか洗ってみます」

今は手掛りになるかどうか、調べてみるしかないのだ。

幸吉は告げた。

久蔵は、雲海坊だけを残して秋山屋敷の警戒を緩めた。

和馬と幸吉たちは、唐沢弥十郎の身近にいて金のある者の割り出しを急いだ。

しかし、久蔵の首に二十五両を懸けた者は、容易に浮かばなかった。

「唐沢の周りに、俺の首に二十五両の金を懸けるような者は浮かばないか……」

「はい。懸ける金があっても秋山さまと何の拘りもないとか、拘りがあっても金がないとか……」

和馬は、腹立たしげに告げた。

「うむ。俺の此の首に二十五両もの金を懸けるのだ。余程の執念深さか、奇人変人、真っ当じゃあないのは確かだ……」

久蔵は苦笑した。

「秋山さま。冗談を云っている場合じゃありません。唐沢は死んでも、そ奴が生きている限り、秋山さまの首を狙う者は未だ未だ現れます」

和馬は、微かに苛立った。

「うむ。して和馬、死んだ唐沢弥十郎の許にそ奴から何か繋《つな》ぎはないのか……」

「はい。柳橋の者たちが唐沢が暮らしていた根津権現門前宮永町の小料理屋初音を見張っていますが、今の処、唐沢を訪ねて来る不審な者はいないそうです」

和馬は眉をひそめた。

「そうか……」

久蔵は、厳しい面持ちで頷いた。

根津権現門前宮永町の小料理屋『初音』は、店を閉めていた。

それは、女将のおさわが自刃した唐沢弥十郎を葬った日からだった。

勇次と新八は、小料理屋『初音』を訪れる者を見張った。

悔みに訪れる者はいなく、女将のおさわが出掛ける事もなかった。

勇次と新八は、辛抱強く見張りを続けた。

「妙な奴は現れないし、女将のおさわも出掛けないか……」

勇次は、吐息を洩らした。

「そう云えばおさわ、唐沢が秋山さまに闇討を仕掛ける日、三味線堀近くの旗本屋敷に行ったぐらいですか……」

新八は思い出した。

「三味線堀近くの旗本屋敷……」

勇次は眉をひそめた。

「ええ。内藤監物って旗本の屋敷です」

新八は告げた。

「おさわ、その内藤屋敷に行ったのか……」

「何でもその昔、おさわは内藤家の娘のお付き女中だったそうでして、その娘を訪ねて行ったようです」

「へえ、旗本の娘のお付き女中か……」

「ええ。同じ旗本家に嫁入りしたけど、亭主が死んで離縁され、出戻った年増の娘だそうですよ」

新八は苦笑した。

「へえ、出戻りの年増娘か。で、女将のおさわ、唐沢が向島で死んだ日の昼間、その旗本の出戻り娘に逢いに行っているのか……」

「ええ……」

「内藤監物、どんな旗本なのかな」

勇次は眉をひそめた。

「ちょいと調べて来ますか……」

「うん。その出戻りの年増娘もな」

勇次は頷いた。

「承知。じゃあ……」

新八は、勇次を残して浅草三味線堀に向かった。

浅草三味線堀傍の筑後国柳河藩江戸上屋敷裏に旗本二千石の内藤屋敷はある。

新八は、内藤屋敷の周囲の屋敷の奉公人や出入りの商人に聞き込みを掛けた。

内藤家の当主監物は、既に隠居の時も近付き、嫡男の内蔵助《くらのすけ》が屋敷内を取り仕切っていた。

内藤家は、今迄に南町奉行所や久蔵とは何の拘りもなかった。そして、嫡男の内蔵助は、小普請から役目に就きたいと願い、世間に悪い評判が立たぬよう、己の身を律して暮らしていた。

久蔵の首に二十五両を懸ける恨みもなければ、必要もないのだ。

内藤家は拘りがない……。

新八は読んだ。

「で、娘の浪路さまは、どちらの御旗本に嫁がれたのですか……」

新八は、内藤屋敷に並ぶ旗本屋敷の老下男に尋ねた。

「確か駿河台《するがだい》の北原源之丞《きたはらげんのじよう》さまって方だったと思いますよ」

老下男は首を捻りながら告げた。

「駿河台の北原源之丞……」

何処かで聞いた名前だ……。

新八は眉をひそめた。

「ええ……」

「その北原源之丞さまが亡くなられて、北原家を離縁になり、実家の内藤家に戻ったのですか……」

「ええ……」

「その北原源之丞さま、どうして亡くなられたのか、聞いていますか……」

新八は尋ねた。

「病だと聞いたよ」

「病……」

「ああ。嫁いで二年で旦那に亡くなられるとは、運の悪いお姫《ひ》いさまだよ。ま、若様でも生んでいれば、離縁される事もなかったのだろうけど、御子もいなく、弟さまが北原家を継ぐ事になり、早々に……」

老下男は眉をひそめた。

「離縁されて出戻りですか……」

「ええ、お気の毒に……」

老下男は、娘の浪路に同情した。

「そうですか……」

内藤家の娘の浪路は、駿河台に屋敷のある旗本北原源之丞に嫁いだ。そして、二年後に夫源之丞を病で亡くして離縁され、実家の内藤家に戻っていた。

そして、小料理屋『初音』の女将のおさわは、かつてお付き女中として仕えていた浪路の許に出入りしていた。

新八は、老下男に礼を述べて聞き込みを終え、根津権現門前宮永町の小料理屋『初音』に戻る事にした。

旗本の北原源之丞……。

何処かで聞いた名前だ。

だが、新八は何処で聞いた名前か思い出せなかった。


新八は、勇次に聞き込んで来た事を報せた。

「それで、北原家を離縁されて実家の内藤家に出戻ったのか……」

勇次は眉をひそめた。

「ええ。その二年前に病で死んだ浪路の亭主の北原源之丞。何処かで聞いた覚えのある名前なんですがね……」

新八は、思い出せない自分に苛立った。

「新八、北原源之丞は、二年前、悪い仲間と名のある壺や茶碗や名刀の贋物を作り、好事家《こうずか》に売り捌《さば》いて金を儲け、秋山さまに切腹に追い込まれた悪旗本の野郎だぜ」

勇次は苦笑した。

「えっ……」

新八は戸惑った。

「切腹に追い込まれて死んだのを、世間には病で死んだと言い繕《つくろ》った」

「じゃあ……」

「ああ。秋山さまの首に金を懸けたのは、内藤家の出戻り、浪路かもしれないな」

勇次は読んだ。

「ええ……」

新八は、喉を鳴らして頷いた。

「よし。新八、此の事を親分に報せろ」

「合点です」

新八は、柳橋の船宿『笹舟《ささぶね》』に走った。


南町奉行所の中庭には、木洩れ日が揺れていた。

久蔵は、用部屋から濡れ縁に出て来た。

庭先には、幸吉と新八が控えていた。

「柳橋の、何か分ったのか……」

「はい。新八が思わぬ事を摑んで来ました。新八……」

幸吉は新八を促した。

「はい。唐沢弥十郎の情婦《おんな》の小料理屋初音の女将おさわ、三味線堀の旗本内藤家の出戻り娘の許に出入りをしているのですが、その出戻り娘の浪路、旗本北原源之丞の奥方でした」

「旗本の北原源之丞……」

久蔵は眉をひそめた。

「はい……」

「二年前、骨董《こっとう》や名刀の贋作《がんさく》を作って騙《かた》りを働き、秋山さまに追い詰められて、切腹した旗本です」

幸吉は告げた。

「うむ。北原源之丞、良く覚えている。そうか、俺の首に金を懸けたのは、その北島源之丞の元奥方だったのか……」

久蔵は苦笑した。

「はい。おそらく……」

幸吉と新八は頷いた。

「よし。柳橋の、初音の女将のおさわに逢ってみよう」

久蔵は笑った。

柳橋の幸吉は、三味線堀の内藤屋敷に向かう和馬に勇次と清吉を付け、由松や新八と根津権現門前宮永町の小料理屋『初音』を見張った。

女将のおさわは、小料理屋『初音』に閉じ籠って出掛ける事はなかった。

「親分……」

新八が一方を示した。

久蔵がやって来た。

「うん……」

幸吉は、久蔵の許に行った。

「秋山さま……」

「柳橋の。おさわ、どうしている」

久蔵は尋ねた。

「初音に閉じ籠ったままです」

幸吉は告げた。

「そうか。よし。逢ってみよう」

久蔵は、小料理屋『初音』に向かった。

幸吉は、由松と新八に裏に廻れと目配せし、久蔵に続いた。

由松と新八は、小料理屋『初音』の裏手に廻った。

幸吉は、小料理屋『初音』の戸口を静かに引いた。

戸口は開いた。

「秋山さま……」

「ああ……」

久蔵と幸吉は、小料理屋『初音』に入った。

小料理屋『初音』の店内は薄暗かった。

久蔵と幸吉は、薄暗い店内を窺った。

「何方ですか……」

暖簾の奥の板場から女の声がした。

久蔵と幸吉は、暖簾の奥の板場を見た。

女将のおさわが、暖簾の奥から現れた。

「やあ、女将のおさわか、私は南町奉行所の秋山久蔵って者だ」

久蔵は告げた。

「秋山久蔵……」

おさわは、顔色を変えて久蔵を見詰めた。

「ああ。秋山久蔵だ……」

久蔵は、おさわに笑い掛けた。

刹那、おさわは包丁を構えて久蔵に突き掛かった。

久蔵は躱《かわ》し、おさわの包丁を握る腕を抱え込んだ。

「唐沢弥十郎の恨みを晴らすか……」

「は、離せ……」

おさわは踠《もが》いた。

「おさわ、俺の首に二十五両の金を懸け、触れを廻すように命じたのは、旗本内藤家の娘の浪路だな」

久蔵は、おさわに静かに語り掛けた。

おさわの包丁を握る手から力が脱けた。

久蔵は、包丁を取り上げた。

おさわは、その場にへたり込んで項垂《うなだ》れた。

「どうやら間違いないようだ」

「はい……」

幸吉は頷いた。

「よし。おさわ、妙な事を考えずに大人しくしているんだぜ」

久蔵は、笑い掛けた。

内藤屋敷の書院は静寂に満ちていた。

久蔵は、出された茶を飲みながら当主の監物が来るのを待った。

「待たせたな。内藤監物だ……」

白髪髷《しらがまげ》の老武士が現れ、名乗った。

「某《それがし》、南町奉行所吟味方与力秋山久蔵……」

久蔵は、冷ややかに内藤監物を見詰めた。

「おぬしが秋山久蔵か……」

内藤は、娘浪路の夫北原源之丞を切腹に追い込んだ久蔵の名を知っていた。

「如何にも……」

「して何用だ……」

内藤は、久蔵を厳しく見据えた。

「私の首に二十五両もの金を懸けた哀れな女がおりましてな」

久蔵は苦笑した。

「なに……」

内藤は、白髪眉をひそめた。

「その二十五両欲しさに死んでいった者がいる限り、此の一件、放って置けなくなりましてな……」

久蔵は、内藤を見据えた。

「放って置けぬとは……」

内藤は、嗄《しゃが》れ声を引き攣《つ》らせた。

「目付か評定所に報せる迄……」

久蔵は告げた。

浪路のした事は、おさわによって証明出来る。そうすれば、如何に女でも無事には済まない。無事に済まないのは、内藤家と当主の監物も同じだ。

「秋山……」

内藤は震え出した。

「はい……」

「どうすれば良い。どうすれば良いのだ……」

「浪路どのに髪を下ろさせて死んだ者の菩提《ぼだい》を弔わせ、監物さまは隠居されるのが良いかと……」

久蔵は、厳しく告げた。

「な、浪路を尼に……」

内藤は項垂れた。

久蔵は、小刻みに震える小さな白髪髷を冷ややかに見据えた。

久蔵は、小料理屋『初音』の女将おさわの口書を取って放免した。
内藤監物は、嫡男の内蔵助に家督を譲って隠居し、娘の浪路を出家させた。
久蔵の首に二十五両の金の懸けられた一件は、闇の彼方に消え去った。
此で良い……。
久蔵は苦笑した。

第二話

迷い道

一

南町奉行所の中庭には、木洩れ日が揺れていた。

「お呼びですか……」

定町廻り同心の神崎和馬は、吟味方与力秋山久蔵の用部屋にやって来た。

「おお、参ったか。ならば信吾《しんご》、その女に余り近付かず、暫《しばら》く見張ってみるのだな」

「はい。では……」

信吾と呼ばれた若い同心は、久蔵に頭を下げ、和馬に向き直った。

「神崎さま、失礼致します」

「うむ……」

信吾は、和馬に会釈をして久蔵の用部屋から出て行った。

「水沢《みずさわ》信吾、如何ですか……」

和馬は、信吾を見送って尋ねた。

「うん。若い頃の和馬に良く似ている」

久蔵は苦笑した。

「ほう。それはそれは、頼もしいですな」

和馬は笑った。

「そうなるのかな……」

「そりゃあ、もう。して、御用とは……」

和馬は、久蔵に向き直った。

「うむ。盗賊の毘沙門《びしやもん》の万平《まんぺい》、谷中の賭場に現れたって噂、どうだった」

久蔵は尋ねた。

「はい。万平が現れたと云う賭場の貸元や博奕打ちを締め上げたのですが、そいつは左利きだそうでしてね。どうやら毘沙門の万平に間違いはないようです」

和馬は告げた。

「そうか。毘沙門の万平、やはり江戸に舞い戻っていたか……」

久蔵は眉をひそめた。

「はい。此処数年、江戸での盗賊働きが厳しくなり、関八州を荒し廻っていましたが……」

「危ない江戸にわざわざ舞い戻った。そいつは、押込みを働く為なのか、それとも他に理由があるのか……」

久蔵は読んだ。

「今、柳橋のみんなが毘沙門の万平の足取りと一味の者共を追っています」

「うむ。万平に江戸での押込みを許したなら、他の盗賊共にも嘗《な》められる。万平を見付けたら、速やかに捕り押えろ。もし、手に余れば容赦なく斬り棄てろ」

久蔵は、厳しい面持ちで命じた。

「容赦なく斬り棄てますか……」

和馬は眉をひそめた。

「うむ。町奉行所は生かして捕らえるのが役目だが、責めは俺が取る」

久蔵は、不敵に云い放った。

柳橋の幸吉は、配下の雲海坊、由松、勇次、新八、清吉と手分けをして盗賊毘沙門の万平と一味の者共を追っていた。

幸吉は、毘沙門の万平が博奕好きだと睨《にら》み、勇次や清吉と賭場を洗い続けていた。

雲海坊は、由松や新八と裏渡世の者たちに毘沙門の万平一味の盗賊を探した。

盗賊の毘沙門一味は、頭の万平、小頭の仙五郎《せんごろう》、手下の寅造《とらぞう》や良吉《りようきち》などの他に何人かいる。

その他の何人かの者の中には、女や年寄りもいるとされていた。

幸吉、勇次、清吉は、賭場や博奕打ちを当り、毘沙門の万平を探した。だが、毘沙門の万平の足取りは容易に摑めなかった。

山谷堀《さんやぼり》は下谷通新町《したやとおりしんまち》から新吉原《しんよしわら》の前を抜け、金龍山下瓦町《きんりゆうざんしたかわらまち》と今戸町《いまどちよう》の間から隅田川に流れ込んでいる。

その山谷堀に架かっている山谷橋の袂に飲み屋『宗八《そうはち》』はあった。

「毘沙門の万平……」

老亭主の宗八は、白髪眉をひそめた。

「ああ。知っているだろう、宗八の父っつぁん、盗賊の毘沙門の万平……」

雲海坊は笑い掛けた。

「雲海坊。そりゃあ、裏渡世の連中を相手に口入屋の商売をしているからには、知らねえとは云わねえよ……」

宗八は、皺を深くして苦笑した。

「だったら、教えて貰おうか、知っている事を……」

雲海坊は、湯呑茶碗の安酒を飲み干した。

「毘沙門の万平一味の連中が江戸に潜り込んでいるのは間違いねえ」

「やっぱりな……」

「ああ。万平の野郎、何処かに押込むつもりだろうな」

宗八は睨んだ。


金龍山浅草寺《せんそうじ》は参拝客で賑わっていた。

由松は、境内の隅で地廻り聖天一家《しょうでんいっか》の梅次《うめじ》を問い詰めていた。

「で、梅次、そいつが毘沙門の万平一味の良吉なのは間違いねえんだな」

由松は、梅次に念を押した。

「ええ。薬売りの行商人の形《なり》をしていましたが、ありゃあ良吉に間違いありませんぜ」

梅次は告げた。

「薬売りの行商人の形をしていた……」

良吉は、薬売りの行商人を装い、押込み先に探りを入れていたのかもしれない。

由松は読んだ。

「ええ……」

「梅次、薬売りの形をした良吉、何処で見掛けたんだ」

「何処って、駒形堂《こまがたどう》の近くで……」

「駒形堂の近くか……」

由松は、盗賊毘沙門の万平一味の者の僅かな手掛りを漸《ようや》く摑んだ。


大川は緩やかに流れ、様々な船が行き交っていた。

浅草駒形堂は蔵前《くらまえ》通りにあり、直ぐ傍を大川が流れている。

盗賊毘沙門の万平一味の良吉は、薬売りの行商人に形を変えていた。

由松は、駒形堂の前に佇んで周囲を見廻した。

駒形堂の東には大川が流れ、残る三方は蔵前通りと駒形町に囲まれている。

呉服屋、米屋、油屋、古道具屋、瀬戸物屋、仏具屋など、蔵前の通りと駒形町には様々な店が連なっていた。

良吉は、薬売りの行商人に扮して押込み先の店を下調べしていたのかもしれない。

由松は読んだ。

浅草寺の鐘が、申《さる》の刻七つ(午後四時)を報せた。

若い袴姿の武士が、蔵前の通りを足早にやって来た。

見覚えのある顔だ……。

由松は物陰に隠れた。

若い武士は、通りに並ぶ茶道具屋『梅光堂《ばいこうどう》』の店内を一瞥《いちべつ》し、駒形堂にやって来た。

水沢信吾……。

由松は、やって来た若い武士が南町奉行所新参同心の水沢信吾だと気が付いた。

水沢信吾は、駒形堂にやって来て手を合わせ、茶道具屋『梅光堂』を眺めた。

誰かを待っているのか……。

由松は見守った。

茶道具屋『梅光堂』の路地から前掛をした若い娘が現れ、駒形堂の前にいる信吾の許に小走りに駆け寄った。

「信吾さま……」

前掛をした娘は、頰を僅かに染めて信吾に会釈をした。

「やあ。おすず……」

信吾は微笑み、大川に向かった。

おすずと呼ばれた前掛をした娘は、信吾に続いた。

信吾は、大川の流れの煌めきを眩しげに眺めた。

おすずは、信吾に倣《なら》って大川を眺めた。

煌めく流れに猪牙舟《ちょきぶね》が揺れた。

「綺麗……」

おすずは、眩しげに眼を細めてうっとりと呟《つぶや》いた。

「おすず、何か繫ぎはあったか……」

信吾は囁いた。

「いいえ。未だ何も……」

おすずは、首を横に振った。

「そうか……」

「繋ぎがあれば、信吾さまに必ず御報せ致します」

「うん……」

「信吾さま。南町奉行所の方には……」

おすずは、心配げに眉を寄せた。

「未だ何も云っちゃあいない」

信吾は、大川を眺めたまま告げた。

「そうですか……」

おすずは頷いた。

「うん……」

「信吾さま……」

おすずは、信吾に不安そうな眼を向けた。

「安心しろ。必ず助ける」

信吾は、優しく微笑んだ。

「はい……」

おすずは、縋《すが》る眼差しで信吾を見詰め、嬉しげに頷いた。

「ならば、おすず。気を付けてな」

「はい。じゃあ信吾さま……」

「うん。明日、又申の刻七つに此処で……」

「はい。では……」

おすずは、信吾に一礼をして茶道具屋『梅光堂』に小走りに戻って行った。

信吾は、おすずを見送って大川沿いの道を御厩河岸《おうまやがし》に向かった。

由松は、物陰を出て見送った。

新参同心の水沢信吾は、茶道具屋『梅光堂』の女中のおすずと秘かに逢い、何らかの情報を交換し、助けると約束していた。

助ける……。

由松は、信吾の言葉を思い出した。

何の事なのだ……。

由松は眉をひそめた。

「由松さん……」

新八がやって来た。

「おう。何か分ったか……」

「いいえ。由松さんは……」

「うん。毘沙門の万平一味の良吉が薬売りの行商人の形をして此の駒形町界隈を彷徨《うろつ》いていたそうだぜ」

「良吉が……」

「ああ……」

「ひょっとしたら押込み先を探っているのかもしれませんね」

新八は読んだ。

「おそらくな……」

由松は頷いた。

「分りました。洗ってみます」

新八は駆け去った。

幸吉、勇次、清吉は、谷中から範囲を広げて博奕打ちを当たっていた。

「らしい旦那がいるだと……」

幸吉は眉をひそめた。

「はい。千駄木《せんだぎ》に潰れた料理屋がありましてね。そこが下谷の貸元政五郎《まさごろう》の賭場なんですが、昨夜、お店《たな》の旦那ってのが来て、そいつが毘沙門の万平らしいんです」

勇次は報せた。

「人相や風体はどうなんだ……」

「中肉中背で歳の頃は五十歳過ぎ、何処にでもいそうな旦那風ってのは良いんですが、唯一の手掛りの左利きってのが、未だ良く分りません」

「左利きかどうかは、直に逢って見定めなければならないか……」

幸吉は眉をひそめた。

「はい。らしい旦那、此処の処、毎晩のように現れているそうです」

勇次は頷いた。

「じゃあ、今夜もか……」

幸吉は読んだ。

「はい。現れるかもしれません」

勇次は頷いた。

「よし……」

幸吉は、小さな笑みを浮かべた。

大川に夕陽が映えた。

船宿『笹舟』には、夜の船遊びをする客が出入りし始めた。

幸吉の居間には、雲海坊と由松が集まっていた。

「そうか、毘沙門の万平一味の奴ら、もう江戸に潜り込んでいるか……」

「ええ。何処かのお店に押込みを企んでいるのは間違いありませんぜ」

雲海坊は睨んだ。

「うむ……」

「手下の良吉、薬売りの行商人に形を変えて駒形町界隈を彷徨いているとか、押込み先はその辺りにあるのかもしれないので、今、新八が洗っています」

由松は報せた。

「そうか。こっちも毘沙門の万平が千駄木の賭場に現れたってのを聞いてな。勇次と清吉が先に賭場に行って見張っている。俺も後で行くつもりだぜ」

「あっしもお供しましょうか……」

由松は、身を乗り出した。

「そいつは助かるぜ」

幸吉は頷いた。

「それから親分……」

由松は眉をひそめた。

「何だ……」

「南町奉行所の定町廻り同心の水沢信吾さん、御存知ですかい……」

「ああ。病で亡くなった水沢の旦那の倅《せがれ》で今年から南町奉行所に出仕している方だろう」

幸吉は、水沢信吾を知っていた。

「はい……」

「その水沢信吾さんがどうかしたのか……」

幸吉は、戸惑いを浮かべた。

「ええ……」

由松は、駒形堂で見た事を告げた。

「へえ。茶道具屋の梅光堂の女中とね……」

「逢引きとは、粋な話じゃあねえか……」

雲海坊は笑った。

「そりゃあそうなんですが、毘沙門の万平一味の良吉が彷徨いている駒形町のお店の女中ってのが、どうにも気になりましてね」

由松は眉をひそめた。

「うん……」

「その事、和馬の旦那や秋山さま、御存知なんでしょうかね」

「さあて、そいつはどうかな……」

幸吉は首を捻った。

「親分。亡くなった水沢の旦那から手札を貰っていたのは、神田は連雀町《れんじゃくちょう》の伊之《いの》吉《きち》親分でしたよね」

雲海坊は訊いた。

「ああ。おそらく倅の信吾さんからも手札を貰っている筈だぜ」

「由松、伊之吉の親分に訊けば、何か分るかもな……」

雲海坊は告げた。

「ええ……」

「よし。由松、ちょいと連雀町に聞き込みを掛けてみな。和馬の旦那や秋山さまのお耳に入れるのは、それからだ」

幸吉は眉をひそめた。

「ですが、良吉を……」

「そいつは雲海坊、お前と新八に頼むぜ」

「承知……」

雲海坊は頷いた。

「すみません。雲海坊の兄貴……」

「なあに、どうって事はないさ」

雲海坊は笑った。

「よし。じゃあ、そいつで頼むぜ」

幸吉は千駄木に向かい、雲海坊は駒形町の新八の処に行き、由松は神田連雀町の岡っ引伊之吉の家に急いだ。


駒形堂裏の居酒屋は賑わっていた。

雲海坊は、駒形町で新八と合流して居酒屋で酒を飲みながら腹拵えをした。

「で、良吉が薬売りの行商人の形で何をしていたか、分ったのか……」

雲海坊は、手酌で酒をのんだ。

「そいつは未だ良く分らないんですが、駒形町界隈で毘沙門の万平一味が狙う程の店は二、三軒ぐらいですかね」

新八は、飯を食べて酒を飲んだ。

「二、三軒か……」

「はい……」

「その中に茶道具屋の梅光堂もあるのかな」

「ええ。一番の大店ですよ」

「一番の大店ねえ……」

雲海坊は酒を飲んだ。

盗賊毘沙門の万平一味が押込もうとしている大店は、茶道具屋『梅光堂』なのかもしれない。

雲海坊は読んだ。

そして、茶道具屋『梅光堂』には、水沢信吾の逢引きの相手の女中がいる。

何か拘りがある……。

雲海坊の勘が囁いた。

酔客の笑い声が響いた。

神田連雀町は、神田八ツ小路の近くにある。

連雀町に住む岡っ引の伊之吉は、五十歳近い穏やかな人柄だった。

「夜分、申し訳ありません……」

由松は、伊之吉に詫びた。

「なあに。ま、一杯やりな」

伊之吉は、由松に猪口《ちよこ》を渡して酒を注いだ。

「畏《おそ》れ入ります。柳橋が、宜しく申しておりました」

由松は、伊之吉に酌をした。

「そうかい。柳橋は達者かい……」

「はい……」

「向島の御隠居さまは……」

「お陰さまで変わりなく……」

「そいつは何よりだ。で、由松、俺に訊きたい事ってのは……」

伊之吉は、由松に笑い掛けた。

「はい。付かぬ事を伺いますが、連雀町の親分、今は水沢信吾の旦那から手札を……」

「うん。そいつがどうかしたかい……」

「親分、今日、駒形町で信吾の旦那をお見掛けしましてね」

「駒形町で……」

伊之吉は眉をひそめた。

「はい。巻羽織《まきばおり》を脱ぎ、茶道具屋の女中と逢っていたのですが、御存知ですか……」

「う、うん……」

伊之吉は、微かな困惑を過《よ》ぎらせた。

「じゃあ、何をしているのかも……」

「由松、神崎の旦那と柳橋が扱っている件と何か拘りでもありそうなのか……」

「はい。ちょいと……」

「そうか……」

伊之吉は、迷いと躊躇《ためら》いを滲ませた。

「連雀町の親分……」

「実はな由松。信吾の旦那、盗賊の手引きじゃあないかと思われる女に秘かに近付いているんだぜ」

「盗賊の手引き……」

由松は眉をひそめた。

「ああ。秋山さまに報せると、暫く様子を見張れと仰《おつしや》ったそうなんだが……」

伊之吉は困惑を浮かべた。

「信吾の旦那、見張る処か、手引きの女に近付きましたか……」

由松は読んだ。

「ああ。相手の女は、俺の腹の内に気が付いちゃあいないと……」

「で、盗賊は、何処の誰なんですか……」

「そいつが、未だ良く分からないんだよ」

「じゃあ、どうして女が盗賊の手引きだと……」

由松は尋ねた。

「そいつが、見廻りの時、茶道具屋梅光堂の女中のおすずが、信吾の旦那に助けてくれと云って来てな」

「助けてくれってのは……」

由松は、戸惑いを浮かべた。

「自分は無理矢理に盗賊の一味にされ、押込みの手引きをさせられている。だから助けてくれと……」

「信吾の旦那、それで……」

「ああ。女を通じて盗賊の押込みの日を見定めるとな……」

伊之吉は、苦しげに頷いた。

「それで、梅光堂の女中のおすずと……」

「うん。だけど、何か危なっかしくてね。俺は秋山さまのお指図に従った方が良いと云ったんだが……」

伊之吉は眉をひそめた。

「そうでしたか。で、おすずを押込みの手引きにしている盗賊ってのは……」

「おすずの話じゃあ、閻魔《えんま》の鬼吉《おにきち》って盗賊の一味だそうだ」

「閻魔の鬼吉……」

由松は、戸惑いを浮かべた。

「ああ。閻魔の鬼吉なんて聞いた事もない盗賊だ」

「ええ……」

「由松、神崎の旦那や柳橋に信吾の旦那の事をそれとなく伝えてくれないか……」

「連雀町の親分……」

「信吾の旦那に万一の事があったら、俺は亡くなった水沢の旦那に合わせる顔がねえ」

伊之吉は、辛そうに顔を歪めた。

「分りました……」

由松は頷いた。

二

千駄木の賭場は客の熱気に満ちていた。

勇次と清吉は、酒の置いてある次の間に陣取って出入りする客を見張り続けていた。

「どうだ……」

幸吉がやって来た。

「今の処、毘沙門の万平らしい客はいません」

勇次は報せた。

「そうか……」

幸吉は、盆茣蓙《ぼんござ》を囲んで駒を張る客たちを見廻した。

やはり、客の中には毘沙門の万平はいなく、熱気と煙草の煙が渦を巻いて溢れているだけだった。


前夜、千駄木の賭場に毘沙門の万平は現れなかった。

幸吉は、勇次と清吉を夜の賭場の見張りに備えて休ませた。

雲海坊と新八は、茶道具屋『梅光堂』を中心にした駒形町界隈に毘沙門一味の良吉の姿を捜した。


由松は、岡っ引の連雀町の伊之吉から聞いた事を幸吉に報せた。

「へえ。じゃあ、その茶道具屋梅光堂の女中のおすずは、盗賊の閻魔の鬼吉一味から逃げたい、助けてくれと信吾の旦那に泣き付いたのか……」

「ええ。で、信吾の旦那は、秋山さまの云う事を聞かず、閻魔の鬼吉一味の押込みの日時を突き止めようと、おすずに近付いた……」

「信吾の旦那、手柄を焦ったのかな」

幸吉は眉をひそめた。

「かもしれませんね。何れにしろ、連雀町の伊之吉親分は、信吾の旦那に万が一のない事を願い、行く末を心配しておりましたよ」

由松は、連雀町の伊之吉に同情した。

「そうか……」

「どうします」

由松は、幸吉の出方を窺った。

「うん。信吾の旦那の為には、和馬の旦那に報せた方が良いかもしれないな」

幸吉は決めた。

「はい……」

由松は、安堵の笑みを浮かべた。

茶道具屋『梅光堂』は、いつもと変わらない商売をしていた。

盗賊毘沙門の万平一味の良吉は、薬売りの行商人以外の形で現れるかもしれない。
雲海坊と新八は、駒形堂の陰から辛抱強く見張り続けた。
女中のおすずが現れ、店先の掃除を始めた。
経が聞こえた。
托鉢《たくはつ》坊主が経を読みながらやって来た。
「おっ、商売敵ですよ」
新八は笑った。
「俺より下手だな。経は……」
雲海坊は苦笑した。
托鉢坊主は、茶道具屋『梅光堂』の前に佇んで経を読み始めた。その顔は、饅《まん》
頭笠《じゅうがさ》に隠れて見えなかった。
おすずは、掃除を終えて台所に続く路地に入って行った。
托鉢坊主は経を読み続けた。
『梅光堂』から手代が現れ、托鉢坊主に御布施を渡した。
托鉢坊主は、深々と頭を下げて浅草広小路に向かった。
「新八……」

雲海坊は、托鉢坊主を見送りながら新八を呼んだ。

「はい……」

「偽坊主だ……」

雲海坊は、托鉢坊主の後ろ姿を示した。

「えっ……」

新八は戸惑った。

「野郎、偽坊主だ」

「偽坊主……」

「ああ。追って行き先を突き止めろ」

雲海坊は命じた。

「承知……」

新八は、托鉢坊主を追った。

雲海坊は見送った。

偽坊主だと思ったのは、托鉢坊主に自分と同じ臭いを感じたからだ。

雲海坊は苦笑し、茶道具屋『梅光堂』を眺めた。

袴姿の若侍がやって来て茶道具屋『梅光堂』の前に佇み、店内を窺った。

水沢信吾の旦那……。
雲海坊は、袴姿の若侍が水沢信吾だと気が付いた。
おすずに逢いに来た……。
雲海坊は睨んだ。
信吾は、『梅光堂』の前から離れて駒形堂にやって来た。
雲海坊は物陰に隠れた。
信吾は、大川の岸辺に佇んで行き交う船を眺めた。
雲海坊は見守った。
浅草寺の鐘が申の刻七つを鳴らした。
信吾は、茶道具屋『梅光堂』を振り返った。
おすずと逢う約束の刻か……。
雲海坊は読んだ。
茶道具屋『梅光堂』には客が出入りし、おすずが出ては来なかった。
信吾は、戸惑いを浮かべて待った。
約束の刻が過ぎても、おすずは来ない。
信吾は、茶道具屋『梅光堂』を見詰めて微かな苛立ちを浮かべた。

どうした……。

雲海坊は戸惑った。

おすずは、茶道具屋『梅光堂』にいる筈だ。

店先を掃除し、やって来た托鉢坊主と擦れ違って路地に入って行った。

まさか……。

雲海坊は、物陰を出て茶道具屋『梅光堂』に急いだ。


「いらっしゃいませ……」

雲海坊は、小僧に迎えられて茶道具屋『梅光堂』に入った。そして、帳場にいる番頭の許に向かった。

「これはこれは、お坊さま……」

番頭は、雲海坊を迎えた。

「番頭さん、私は柳橋の船宿笹舟の者です」

雲海坊は、饅頭笠を上げて番頭に囁いた。

「えっ、はい……」

番頭は、柳橋の船宿『笹舟』の主が岡っ引だと知っていた。

「女中のおすずを呼んで下さい」

「は、はい。三吉、女中のおすずを呼んで来ておくれ」

番頭は、戸惑いながら小僧に命じた。

小僧の三吉は、返事をして奥に走った。

「あの、おすずが何か……」

番頭は、困惑を浮かべた。

「えっ。ええ……」

雲海坊は、信吾が店内を窺っているのに気が付いた。

「番頭さん……」

小僧の三吉が戻って来た。

「おすずはどうしました」

「それが、何処にもいないんです」

小僧の三吉は眉をひそめた。

「いない……」

番頭は驚いた。

おすずは姿を消した……。

雲海坊は気が付いた。
偽の托鉢坊主は、盗賊毘沙門の万平一味の者だったのだ。
おすずは、偽の托鉢坊主の繋ぎを受けて姿を消したのだ。
先手を打ちやがった……。
雲海坊は苦笑した。

大川に架かっている吾妻橋は浅草広小路と本所を結び、大勢の人が行き交っている。
偽の托鉢坊主は、賑わう吾妻橋の西詰を横切って浅草花川戸町に進んだ。
新八は、慎重に尾行た。
偽の托鉢坊主は、茶道具屋『梅光堂』で経を読んだ後、一度も托鉢をせずに来た。
やはり、偽の托鉢坊主だ……。
新八は、見抜いた雲海坊に感心した。
偽の托鉢坊主は、浅草花川戸町から北に進んだ。
新八は追った。

半刻が過ぎた。
おすずは、茶道具屋『梅光堂』に戻って来る事はなかった。
水沢信吾は、漸く諦めて重い足取りで蔵前通りを浅草御門に向かった。
気の毒に……。
雲海坊は、痛ましく見送った。

浅草橋場町は、浅草花川戸町から隅田川沿いに続く町の最後にある。
偽の托鉢坊主は、橋場町の外れで隅田川の傍にある古い寺の山門を潜った。
新八は見届けた。
偽の托鉢坊主は、井戸端で饅頭笠を脱いで手足を洗って庫裏《くり》に入って行った。
古い寺の山門には、『蓮花寺』と書かれた古びた扁額《へんがく》が掲げられていた。
新八は、橋場町の木戸番屋に走った。

「蓮花寺かい……」
橋場町の中年の木戸番は、尋ねた新八に訊き返した。

「ええ。どんな寺か知っていますか……」

「無住の寺だったんだが、去年から仙海って坊さんが居着いてね」

「仙海さんですか……」

「ああ。で、今じゃあ、寺男の寅助さんと二人暮らしだよ」

「住職の仙海さんと寺男の寅助さんですか……」

新八は眉をひそめた。

「ああ。近頃は旅の雲水なんかが泊まっているようだけどね」

「そうですか……」

偽の托鉢坊主は、住職の仙海か旅の雲水なのかもしれない。

新八は読んだ。

何れにしろ、蓮花寺と住職仙海たちは、盗賊毘沙門の万平一味と拘りがあるのかもしれない。

新八は緊張した。

「なに、毘沙門の万平一味の手引きと思われる女中が茶道具屋梅光堂から逃げた」

和馬は眉をひそめた。

「はい。雲海坊からの報せでは、托鉢坊主に化けた毘沙門の万平一味の者の繋ぎを受けて姿を消したようです」

幸吉は、厳しい面持ちで告げた。

「毘沙門の万平一味、こっちの動きに気が付いたかな」

和馬は読んだ。

「かもしれません……」

幸吉は頷いた。

「そうか……」

「それから和馬の旦那。水沢信吾の旦那ですが……」

幸吉は、和馬に向き直った。

「信吾がどうかしたかい……」

「ええ。茶道具屋梅光堂の女中のおすずが盗賊の手引きだと知って、秘かに探りを入れていたようです」

幸吉は告げた。

「何だと……」

　和馬は、厳しさを浮かべた。

「信吾の旦那から手札を貰っている連雀町の伊之吉親分によりますと、おすずが閻魔の鬼吉って盗賊一味から抜けたいと信吾の旦那に助けを求めたそうでしてね……」

「閻魔の鬼吉、聞いた事のない盗賊だな」

　和馬は首を捻った。

「ええ。おそらく毘沙門の万平でしょう……」

　幸吉は読み、連雀町の伊之吉から聞いた事と頼みを詳しく話した。

「そうか、毘沙門の万平一味、おすずを通して信吾から南町奉行所の動きを探っていたのかもしれないな」

　和馬は睨んだ。

「ええ……」

　幸吉は頷いた。

「そうか。女中のおすず、姿を消したか……」

　久蔵は眉をひそめた。

「はい……」

水沢信吾は項垂れた。

「信吾、お前、余計な真似をしたな」

久蔵は、信吾を厳しく見据えた。

「秋山さま……」

「大人しく見張っているだけではなく、おすずからいろいろ訊き出そうとしたな」

久蔵は睨んだ。

信吾は平伏した。

「申し訳ありません……」

「で、訊き出す為に、訊かれるままにこっちの事も話したか……」

久蔵は、信吾の動きを鋭く読んだ。

「はい。油断させる為に……」

信吾は、己の失態に声を引き攣らせた。

「で、おすずは知りたい事を知り、さっさと姿を消しちまった。ま、そんな処だな」

久蔵は苦笑した。

「秋山さま……」

和馬と幸吉がやって来た。

「おう。入ってくれ……」

久蔵は、和馬と幸吉を用部屋に招き入れた。

「では、私は此にて……」

信吾は腰を浮かした。

「ならねえ。此処にいな……」

久蔵は、厳しく命じた。

「は、はい……」

信吾は、力なく座り直した。

「さあて、どうした」

久蔵は、和馬と幸吉に向き直った。

「はい。駒形町の茶道具屋梅光堂に偽の托鉢坊主が現れ、女中のおすずが姿を消しました」

和馬は告げた。

「偽の托鉢坊主……」

「はい……」

「盗賊閻魔の鬼吉一味の者ですか……」

信吾は、遠慮がちに尋ねた。

「信吾、閻魔の鬼吉なんて盗賊はいない。おそらく毘沙門の万平一味の者だ」

和馬は苦笑した。

「えっ……」

信吾は困惑した。

「信吾、和馬の睨み通りだ。お前は騙《だま》されたのだ」

久蔵は笑った。

信吾は項垂れた。

「して、柳橋の。その偽の托鉢坊主ってのは何処にいる」

「はい。浅草橋場町の外れにある蓮花寺と云う寺に……」

幸吉は告げた。

「蓮花寺か……」

「はい。新八の調べでは、去年から仙海って坊主が無住だった蓮花寺の住職となり、寅助って寺男と暮らしています。偽の托鉢坊主はそこに……」

「仙海と寅助か……」

「はい。で、旅の雲水たちが時々出入りしているとか……」

「そうか。で……」

「蓮花寺は新八と由松が見張っています」

幸吉は、既に蓮花寺を監視下に置いた事を告げた。

「よし。和馬、蓮花寺を訪れる者の中に毘沙門の万平がいないか見定めろ」

久蔵は命じた。

「心得ました」

「して、姿を消した梅光堂の女中のおすずはどうした」

「雲海坊が足取りを追っていますが、何れは蓮花寺に現れるかと……」

幸吉は読んだ。

「うむ。後は毘沙門の万平だな……」

久蔵は笑った。

「はい……」

和馬と幸吉は頷いた。

「信吾……」

「はい……」

「おすずに逃げられた責めを取る気があるなら、おすずを捜し出せ……」

久蔵は、厳しい面持ちで命じた。


勇次と清吉は、千駄木の賭場を見張って毘沙門の万平の現れるのを待った。

由松と新八は、浅草橋場町の蓮花寺の仙海と寅助を見張った。

和馬は合流し、蓮花寺を訪れる旅の雲水たちの中に毘沙門の万平を捜した。

そして、雲海坊は姿を消したおすずの足取りを捜した。


おすずが水沢信吾に近付いたのは、南町奉行所の様子を探る為だけだったのか……。

毘沙門の万平一味は、茶道具屋の梅光堂に押込もうとしていたのか……。

それらの事は本当なのか……。

久蔵は読んだ。

ひょっとしたら……。

久蔵は眉をひそめた。

三

浅草橋場町の蓮花寺からは、住職の仙海の読経が聞こえていた。

由松と新八は、見張り続けていた。

「変わりはないようだな……」

和馬が現れた。

「和馬の旦那……」

「御苦労さまです」

由松と新八は迎えた。

「うん。住職の仙海か……」

和馬は、経を読む声の聞こえる蓮花寺の本堂を眺めた。

「きっと……」

由松は頷いた。

「経、雲海坊の方が上手いな……」

和馬は笑った。

「ええ。雲海坊の兄貴、年季が入っていますからね」

由松は苦笑した。

「ああ……」

和馬は頷いた。

「和馬の旦那、由松さん……」

新八が、蓮花寺の前の船着場を示した。

猪牙舟が船着場に着き、縞《しま》の半纏を着た男が下りた。

和馬、由松、新八は、物陰から見張った。

縞の半纏を着た男は、辺りを油断のない眼で見廻して蓮花寺の山門を潜った。

「寺には似合わない野郎だな」

和馬は眉をひそめた。

「ええ。新八、猪牙は吾妻橋の方から来たんだな」

「はい……」

「よし。和馬の旦那、あっしは下流の船着場で猪牙を雇い、帰る縞の半纏の野郎を尾行てみます」

由松は告げた。

「うん。気を付けてな……」

「はい。後を頼むぜ、新八……」

「承知……」

「じゃあ……」

由松は、和馬に会釈をして隅田川の下流に駆け去った。

和馬と新八は、蓮花寺を見張った。

住職仙海の経は終わった。


四半刻が過ぎた。

縞の半纏を着た男が、寺男の寅助に見送られて山門から出て来た。

和馬と新八は見守った。

「寺男の寅助だな……」

和馬は、山門で船着場に向かう縞の半纏の男を見送る寺男を寅助と見定めた。

縞の半纏を着た男は、待たせてあった猪牙舟に乗り、吾妻橋に向かった。

「蓮花寺、盗賊毘沙門一味の盗っ人宿に間違いないか……」

和馬は睨んだ。

「はい。縞の半纏野郎は万平の手下で、仙海と寅助に何か報せに来たんじゃあ……」

新八は読んだ。

縞の半纏の男を乗せた猪牙舟は、向島に行く渡し場の前を通り過ぎた。

「あいつだ。追ってくれ」

由松は雇った猪牙舟の船頭に告げた。

「合点です」

若い船頭は、由松を乗せた猪牙舟を流れに乗り出した。そして、縞の半纏の男の乗った猪牙舟を追った。

縞の半纏の男を乗せた猪牙舟は、吾妻橋を潜って尚も下った。

由松の乗った猪牙舟は追った。

縞の半纏の男を乗せた猪牙舟は、駒形堂、御厩河岸、浅草御蔵《おくら》、柳橋などの傍を過ぎて両国橋を潜った。

由松の乗った猪牙舟は追った。

縞の半纏の男を乗せた猪牙舟は、両国橋を潜って本所竪川《たてかわ》に曲がった。

「急いでくれ」

由松は告げた。

「はい……」

若い船頭は船足を上げ、大川から本所竪川に曲がった。


本所竪川に架かっている一つ目之橋の船着場で猪牙舟は舳先《へさき》を廻していた。

縞の半纏を着た男は、猪牙舟に乗ってはいなかった。

一つ目之橋の船着場で猪牙舟から下りた……。

由松は、船頭に猪牙舟を一つ目之橋の船着場に着けろと命じた。

船頭は、一つ目之橋の船着場に猪牙舟の船縁《ふなべり》を素早く寄せた。

由松は、船着場に飛び下りて石段を駆け上がった。


由松は、石段を駆け上がって竪川の北側の道に上がった。

竪川沿いの道や一つ目之橋には、人が行き交っていた。

由松は、行き交う人の中に縞の半纏を捜した。だが、縞の半纏を着た男の姿は何処にも見えなかった。

見失った……。

由松は、悔しげに顔を歪めた。

「そうか。本所竪川一つ目之橋で見失ったか……」

和馬は眉をひそめた。

「はい。あっしの尾行、気付かれたのかもしれません」

由松は、悔しそうに頷いた。

「由松、もし縞の半纏の男が由松の尾行に気が付いたなら、やはり素人じゃないな」

和馬は読んだ。

「和馬の旦那……」

「ま、縞の半纏の男が一つ目之橋の袂の相生町《あいおいちょう》界隈にいるのは間違いないさ」

和馬は笑った。

「和馬の旦那、由松さん……」

蓮花寺を見張っていた新八が呼んだ。

和馬と由松は、蓮花寺の山門を見た。

瘦せた中年坊主が寅助を従え、蓮花寺の山門から出て来た。

「住職の仙海と寺男の寅助か……」

和馬は眉をひそめた。

「はい……」

新八は頷いた。

仙海は、寅助に見送られて浅草に向かった。

「よし。今度は俺と新八で追うよ」

「はい……」

由松は頷いた。

「じゃあ、新八……」

「はい……」

和馬と新八は、出掛けて行く仙海を追った。

寺男の寅助は、境内の掃除を始めた。

由松は、蓮花寺を見張り続けた。

駒形町の茶道具屋『梅光堂』は、変わらずに商売をしていた。

幸吉と雲海坊は、番頭におすずが残していった荷物を出して貰い、詳しく検めた。

荷物には、おすずの素性の分る物や盗賊毘沙門の万平一味に拘わる物は何一つなかった。

「番頭さん、おすずの請人は何処の何方ですかい……」

幸吉は、番頭に尋ねた。

「はい。おすずの請人は、お得意様の茶之湯の宗匠《そうしょう》、桂井春悦さまにございます」

「茶之湯の宗匠の桂井春悦……」

幸吉は眉をひそめた。

「ええ……」

番頭は頷いた。

「家は何処です」

「不忍池の傍の茅町《かやちょう》二丁目です」

「茅町二丁目ですか。親分……」

「うん。行ってみるか……」

「ええ……」

幸吉と雲海坊は、おすずの請人である茶之湯の宗匠、桂井春悦の家に向かった。


蓮花寺住職の仙海は、橋場町から浅草広小路に向かっていた。

和馬は巻羽織を脱ぎ、新八と仙海を尾行た。

今戸町、金龍山下瓦町、山之宿六軒町《やまのしゅくろっけんちょう》、山之宿町《やまのしゅくまち》、花川戸町と続き、浅草広小路となる。

仙海は、山之宿町の裏通りに入った。

何処に行く……。

和馬と新八は、慎重に尾行た。

仙海は、裏通りを進んで隅田川に面した黒板塀の廻された仕舞屋《しもたや》に入った。

和馬と新八は見届けた。

「さあて、誰の家なのか……」

和馬は眉をひそめた。

「で、仙海が何しに来たかですね」

新八は、喉を鳴らして黒板塀に囲まれた仕舞屋を見詰めた。

「うん。よし、ちょいと自身番に訊いて来る。此処を頼むぜ」

「承知しました」

和馬は、新八を見張りに残し、浅草山之宿町の自身番に向かった。

不忍池中ノ島弁財天は、参拝客で賑わっていた。

幸吉と雲海坊は、賑わう中ノ島弁財天を横目に不忍池の畔を進み、茅町二丁目にある仕舞屋を訪れた。

仕舞屋の戸口には、『茶之湯教授、桂井春悦』の看板が出されていた。

「此処だな……」

「ああ……」

雲海坊を頷き、茶之湯の宗匠桂井春悦の家の戸を叩いた。

「えっ。梅光堂の女中のおすずですか……」

茶之湯の宗匠の桂井春悦は、禿頭《はげあたま》を光らせて戸惑いを浮かべた。

「ええ。おすずが梅光堂に奉公する時、請人になっていますね」

幸吉は、桂井春悦を見据えた。

「えっ。ああ……」

春悦は頷いた。

「おすずとは、どんな拘りですかい……」

「おすず、何かしでかしたのかな」

春悦は、狡猾さを過ぎらせた。

「桂井さん、おすずは急に姿を消しましてね」

「姿を消した……」

春悦は戸惑った。

「ええ。どうやら、おすずは盗賊の一味のようでしてね」

幸吉は、春悦を厳しく見据えて告げた。

「盗賊の一味……」

春悦は驚いた。

「春悦さん、そのおすずの請人となると、只じゃあ済みませんぜ」

「何だったら、大番屋に来て貰っても良いんですがね」

雲海坊は、春悦に笑い掛けた。

「頼まれたんです。頼まれておすずの請人になって梅光堂に奉公させただけです」

春悦は、顔色を変えて声を引き攣らせた。

「頼まれた……」

「ええ。本当です」

春悦は、禿頭に冷汗を滲ませて頷いた。

「何処の誰に頼まれたんだい……」

「そ、それは……」

春悦は躊躇った。

「よし。じゃあ、大番屋でじっくり思い出して貰うよ」

雲海坊は、頭陀袋《ずだぶくろ》から捕り縄を取り出した。

「お待ちを、ちょいとお待ちを……」

春悦は、禿頭から汗を流して慌てた。

幸吉と雲海坊は苦笑した。

「黒板塀の廻された仕舞屋ですか……」

自身番の店番《たなばん》は、戸惑いを浮かべた。

「うむ。どう云う家だ」

和馬は、自身番の框に腰掛けて出された温《ぬる》い茶を啜った。

「あの家は、金貸し勘三郎さんの家です」

店番は告げた。

「金貸し勘三郎……」

「はい。ま、金貸しですが、借金の形に古い書画骨董を安く買い叩き、好事家に高く売り捌いて大儲けをしているそうにございます」

「ほう。大儲けか……」

「はい。噂じゃあ、金蔵には千両箱が山のように積まれているとか……」

「千両箱が山のようにか……」

和馬は眉をひそめた。

「ま、そいつは大袈裟《おおげさ》だとしても、千両箱の一つぐらいはあるのかもしれません」

店番は苦笑した。

「して、勘三郎の家にはどんな者がいるのだ」

「年増の妾《めかけ》に住込みの手代が二人。婆やと女中の五人、旦那の勘三郎を入れて六人ですね」

店番は、町内名簿を捲《めく》って告げた。

「六人か……」

「はい。それから取立屋を兼ねた用心棒の浪人が二人。出入りをしているそうです」

「用心棒の浪人が二人……」

浅草山之宿町の黒板塀に囲まれた仕舞屋は、金貸し勘三郎の家であり、金蔵にはかなりの金がある。

盗賊の毘沙門の万平一味が狙っても不思議はない……。

和馬は読んだ。

茶之湯の宗匠桂井春悦は、川越の織物問屋の番頭に金で頼まれ、おすずの請人になって茶道具屋『梅光堂』に奉公させた。

「川越の織物問屋の番頭か……」

幸吉は眉をひそめた。

「おそらく盗賊一味の者で、川越の織物問屋の番頭ってのは嘘だな」

雲海坊は睨んだ。

「ああ。桂井春悦、金さえ貰えば何でもする野郎だぜ」

幸吉は吐き棄てた。

「ああ。おっ、幸吉っつあん……」

雲海坊は、水沢信吾が岡っ引の伊之吉や下っ引と不忍池の畔を足早に行くのを示した。

「おっ。信吾の旦那と連雀町の伊之吉親分たちか……」

「おすず、見付かったのかな……」

雲海坊は読んだ。

「ちょいと、追ってみるか……」

「ああ……」

幸吉と雲海坊は、信吾と伊之吉たちを尾行た。

信吾、伊之吉、下っ引は、不忍池の畔を東に向かっていた。

幸吉と雲海坊は追った。

信吾、伊之吉、下っ引は、下谷広小路の賑わいを抜けて山下に進んだ。

「行き先は入谷《いりや》かな……」

幸吉は読んだ。

「ああ……」

雲海坊は頷いた。


入谷鬼子母神《きしもじん》の境内には、遊ぶ幼子たちの楽しげな笑い声が響いていた。

信吾、伊之吉、下っ引は、入谷鬼子母神の裏に向かった。

幸吉と雲海坊は尾行た。

信吾、伊之吉、下っ引は、入谷の町を抜けて田畑の広がりに出た。そして、田舎道の向こうにある百姓家に向かった。

「雲海坊……」

「うん……」

幸吉と雲海坊は、厳しい面持ちで追った。

信吾は、伊之吉や下っ引と百姓家に忍び寄った。

百姓家の前庭では、おすずが洗濯物を干していた。

おすず……。

信吾は、洗濯物を干しているおすずを呆然と見詰めた。

「信吾の旦那、おすずですよ」

伊之吉は眉をひそめた。

「うん。実家の話は嘘じゃあなかった……」

信吾は、盗賊一味のおすずの言葉に本当の事があったのに戸惑いを覚えた。

「お縄にしますか……」

伊之吉は、おすずを厳しく見据えていた。

「いや。親分、此処にいてくれ……」

信吾は、伊之吉に云い残しておすずの許に向かった。

伊之吉と下っ引は、信吾を見送った。

幸吉と雲海坊は、木陰から見守った。

おすずは、人の来る気配に気が付いて振り返り、愕然《がくぜん》とした。

「おすず……」

信吾は、おすずを見詰めて声を上擦らせた。

「信吾さま、お許し下さい」

おすずは、その場に土下座した。

「おすず、姿を消したのは盗賊からの指図か」

信吾は尋ねた。

「はい。役目は終わった。何も持たず直ぐに姿を消せと……」

おすずは項垂れた。

「それで実家に戻ったか……」

「はい。長患いで寝込んでいるおっかさんと十四の妹が待っている此の実家に……」

「おすず、何故に盗賊の一味になったのだ」

「亡くなったお父っつあんの残した借金の形に、岡場所の女郎になるか盗賊の一味になるか……」

おすずは、哀しげに俯《うつむ》いた。

「それで、盗賊の一味を選んだのか……」

「はい……」

「そして、命じられるままに茶道具屋梅光堂の女中になり、金蔵の場所や店や家の様子なんかを探ったのか……」

信吾は読んだ。

「はい。そして、信吾さまに近付き、南町奉行所の動きを探れと……」

おすずは哀しげに告げた。

「して、南町奉行所の様子、盗賊に何て報せたのだ」

「はい。信吾さまの他に、妙な人たちが梅光堂の周りを彷徨き始めたと……」

「そう報せたら、直ぐに姿を消せと云って来たか……」

信吾は読んだ。

「はい……」

おすずは頷いた。

「おすず、それから盗賊は何も云って来ないのか……」

「はい。今の処は……」

「そうか。それなら良いが……」

「信吾さま……」

「おすず、盗賊は何処の誰なのだ」

「毘沙門の万平って云う盗賊の一味です」

「やはり、毘沙門の万平一味か。して、奴らが何処に潜んでいるのか知っているか……」

「いいえ。私の処には良吉って人が行商人や托鉢のお坊さんに化けてやって来ました。私はその良吉の指図で……」

「ならば、隠れ家は一切知らぬか……」

「はい。申し訳ありません」

おすずは頭を下げた。

「いや。おすずが詫びる必要はない」

信吾は微笑んだ。

「おすず、此のままおっ母さんと妹と静かに暮らすのだな」

信吾は告げた。

「信吾さま、私は盗賊の一味で……」

おすずは、戸惑いを浮かべた。

「おすず、お前は病のおっ母さんの薬代が欲しくて、茶道具屋梅光堂の女中になった。それだけだ。此で綺麗に足を洗うんだ」

「信吾さま……」

おすずは、言葉を失った。

「おすず。もし、毘沙門一味の盗賊が現れたり、繋ぎがあったら、南町奉行所吟味方与力の秋山久蔵さまに直ぐに報せるんだ」

「秋山久蔵さまに……」

「そうだ。良いな……」

「はい。必ず……」

おすずは頷いた。

「じゃあ、達者でな……」

信吾は、おすずに笑い掛けて連雀町の伊之吉と下っ引の処に戻った。

「信吾さま……」

おすずは泣き崩れた。


「どうやら、信吾の旦那、此のままおすずを見逃すつもりだな」

幸吉は睨んだ。

「ああ。間違いないな」

雲海坊は苦笑した。

信吾は、伊之吉と下っ引と共に田舎道を戻り始めた。

「どうする……」

幸吉は尋ねた。

「そうだな。此のまま何事もなく刻が過ぎるか、おすずが動くか、それとも毘沙門一味の繋ぎが来るか、ちょいと見張ってみる。幸吉っつあんは、信吾の旦那が此以上のどじを踏まないようにしてやるんだな」

雲海坊は笑った。

「うん。連雀町の伊之吉親分の為にもな。じゃあ……」

幸吉は、雲海坊を残して信吾、伊之吉、下っ引を追った。

雲海坊は、おすずの家を眺めた。

おすずは、既に家に戻って静けさに覆われていた。

微かに薬湯の匂いが漂って来た。

四

鬼子母神の境内に遊ぶ幼子はいなく、小鳥の囀《さえず》りが飛び交っていた。

「こりゃあ、水沢の旦那と連雀町の親分じゃありませんか……」

幸吉は、鬼子母神の傍で信吾や伊之吉を呼び止めた。

信吾、伊之吉、下っ引は、立ち止まって振り返った。

幸吉は、信吾と伊之吉に会釈をした。

「やあ。柳橋の……」

伊之吉は、微かな緊張を滲ませて幸吉を迎えた。

「水沢の旦那、連雀町の親分。おすずは見付かりましたか……」

幸吉は尋ねた。

「いや……」

信吾は、言葉を濁した。

「それより柳橋の。盗賊の毘沙門の万平一味の動き、何か摑めたかい……」

伊之吉は、素早く話題を変えた。

「えっ、ええ。毘沙門一味、こっちの動きを探りながら、押込みを企んでいるのは間違いありません」

「柳橋の。毘沙門一味、何処に押込もうとしているのだ」

信吾は尋ねた。

「そいつは未だはっきりしませんが、押込みは近そうですぜ」

「おのれ……」

信吾は、苛立ちを浮かべた。

「連雀町の親分。山谷橋の袂で飲み屋をやっている宗八に当たり、毘沙門の万平一味の仙五郎、寅造、良吉たちの足取りを追ってみるんですね」

幸吉は告げた。

「山谷橋の袂の飲み屋の宗八……」

「ええ……」

幸吉は、笑みを浮かべて頷いた。

「柳橋の……」

「きっと何か知っていますよ」

「忝《かたじけ》ねえ……」

伊之吉は、幸吉に頭を下げた。

隅田川に夕陽が映えた。

蓮花寺の住職仙海は、浅草山之宿町の金貸し勘三郎の家を出た。

和馬と新八は、仙海を追った。

仙海は、来た道を橋場町に戻った。

和馬は、金貸し勘三郎がどのような金貸しなのか、自身番で聞いた事を新八に教えた。

「毘沙門の万平一味、金貸し勘三郎の家に押込むつもりですかね」

新八は眉をひそめた。

「かもな。で、仙海、何しに勘三郎の家に来たのか分ったか……」

「はい。それとなく探りを入れた処、仙海は勘三郎の碁敵《ごがたき》だそうですよ」

「碁敵か……」

仙海は、碁敵として勘三郎の家に出入りし、金の在処を探っている。

和馬は読み、橋場町の外れの蓮花寺の山門に入って行く仙海を見送った。

由松が現れ、和馬と新八の許に駆け寄って来た。

「どうだ……」

「旅の雲水が一人、来たぐらいです」

由松は告げた。

夕陽は沈み、隅田川に船の明かりが浮かび始めた。

行燈《あんどん》の火は瞬いた。

「で、由松は蓮花寺、新八は山之宿の金貸し勘三郎の家を……」

幸吉は頷いた。

「見張っているが、由松は本所竪川一つ目之橋界隈が気になるとな……」

和馬は眉をひそめた。

「分りました。千駄木の賭場を見張っている勇次と清吉を呼びます」

幸吉は、毘沙門の万平が千駄木の賭場に現れるのを待つのを諦め、勇次と清吉を呼び戻す事にした。

「で、由松に一つ目之橋界隈を洗わせるか……」

「はい……」

幸吉は頷いた。

「よし、そうしてくれ」

和馬は頷いた。

「はい。和馬の旦那。何れにしろ毘沙門の万平一味は、金貸し勘三郎の家に押込むつもりなのかもしれませんね」

「うん。俺はそいつを秋山さまに報せる。柳橋は、蓮花寺の仙海と金貸し勘三郎の家から眼を離さないでくれ」

和馬は厳しさを滲ませた。

「心得ました」

幸吉は、呼び戻した勇次に蓮花寺を見張らせ、由松と清吉を本所竪川一つ目之橋に向かわせた。


「金貸し勘三郎か……」

久蔵は眉をひそめた。

「はい。金貸しの他に名のある書画骨董を好事家に売り捌き、かなりの金を溜め込んでいるそうです」

和馬は告げた。

「その金貸し勘三郎の家に、毘沙門の万平一味の盗っ人宿と思われる蓮花寺の仙海が出入りしているのだな」

久蔵は、和馬に念を押した。

「はい。仙海、勘三郎の碁敵だそうです」

和馬は苦笑した

「浅草駒形町の茶道具屋の梅光堂、浅草山之宿の金貸し勘三郎、浅草橋場町の蓮花寺か……」

「はい……」

「揃って隅田川沿いだな……」

「そうですね……」

「茶道具屋梅光堂に手引きのおすずを潜り込ませたのは、信吾から南町奉行所の動きを訊き出し、俺たちの眼を眩《くら》ます当て馬だったとすると……」

久蔵は読んだ。

「金貸し勘三郎の家に押込みますか……」

「ああ。おそらく間違いあるまい」

久蔵は見定めた。

「はい……」

「よし。和馬、蓮花寺と金貸し勘三郎の家だ」

「はい。既に柳橋のみんなが張り付いています」

「うむ。毘沙門の万平、南町奉行所の恐ろしさを思い知らせてくれる」

久蔵は、不敵に云い放った。
盗賊毘沙門の万平一味は、金貸し勘三郎家に押込もうと集まった処を一挙に捕らえる。
久蔵は決めた。
和馬と幸吉は、慎重に探索を進めた。
勇次の見張る蓮花寺、新八の見張る金貸し勘三郎の家に変わった様子は窺えなかった。
雲海坊の見張るおすずにも変わった様子はなく、訪れる者はいなかった。
由松と清吉は、本所竪川一つ目之橋界隈に縞の半纏を着た男を捜した。
一つ目之橋北側の本所元町と相生町、南側の亀井屋敷や松井町……。
由松と清吉は、手分けして縞の半纏を着た男を捜した。
「由松さん、あの野郎です」
清吉は、松井町一丁目にある葦簀《よしず》掛《が》けの百獣屋《ももんじや》を示した。
百獣屋の店内では、縞の半纏を着た男が牡丹鍋《ぼたんなべ》を食べながら酒を飲んでいた。

由松は見詰めた。

「どうですか……」

「ああ。野郎だ」

由松は、牡丹鍋を食べる縞の半纏の男が猪牙舟で蓮花寺に来た男だと見定めた。

「やっぱり、いましたね」

「うん。よし。清吉、野郎が何処の誰か突き止めるぜ」

「はい……」

由松と清吉は、漸く見付けた縞の半纏を着た男を見張った。

縞の半纏を着た男は、牡丹鍋を食べ終えて百獣屋を出た。

「俺が追う。清吉は百獣屋の者に野郎の名前と塒《ねぐら》を訊いてくれ」

「合点です」

清吉は頷いた。

由松は縞の半纏の男を追い、清吉は百獣屋に入った。

「ちょいと尋ねるが、今、出て行った縞の半纏の男、何て野郎かな……」

清吉は、百獣屋の老爺《ろうや》に小粒を握らせた。

「ああ。あいつは良吉って野郎だぜ」

老爺は、小粒を握り締めた。

「良吉、何処に住んでいるのかな……」

「回向院《えこういん》の門前町だと聞いた事があるぜ」

「そうか。造作を掛けたね」

清吉は、百獣屋の老爺に礼を云って回向院の門前町に急いだ。

縞の半纏を着た男は、回向院門前町にある茶店の奥に入って行った。

由松は見届けた。

「由松さん……」

清吉が、小走りに追って来た。

「名前、分ったか……」

「はい。野郎、名前は良吉……」

「良吉……」

毘沙門の万平一味の一人の名前だ……。

由松は見定め、清吉と茶店を見張った。

僅かな刻が過ぎた。

「清吉……」

由松は、険しい面持ちで一方を示した。

「蓮花寺の住職仙海がやって来た。

「蓮花寺の仙海ですか……」

清吉は読んだ。

「ああ……」

由松は、仙海を見詰めて頷いた。

仙海は、茶店の奥に入って行った。

物陰伝いに勇次がやって来た。

由松は、短く口笛を鳴らした。

勇次は気が付き、由松と清吉の許に駆け寄って来た。

「由松の兄貴、清吉……」

「御苦労だな。仙海が来たとなると、茶店にいるのは良吉だけじゃあないかもな」

由松は読んだ。

「じゃあ、毘沙門の万平が潜んでいるかもしれませんね」

清吉は、緊張を漲《みなぎ》らせた。

「ああ……」

由松は頷いた。

「となると、押込みは近いのかも……」

勇次は睨んだ。

「うん。勇次、此の事を親分と和馬の旦那に報せるんだな」

由松は告げた。


和馬と幸吉は、勇次の報せを受けて久蔵の許に急いだ。

「よし。由松や勇次の睨み通り、盗賊毘沙門の万平一味の押込みは近いだろう。蓮花寺と回向院前の茶店。山之宿の金貸し勘三郎の家を見張れ」

久蔵は命じた。

「心得ました」

和馬と幸吉は頷いた。

「それから和馬。信吾に金貸し勘三郎の家を見張るように伝えろ」

「信吾にですか……」

和馬は、戸惑いを浮かべた。

「ああ。此のままじゃあ、中々立ち直れないだろうからな」

久蔵は苦笑した。


幸吉は、蓮花寺に勇次と新八、回向院前の茶店に由松と清吉をそれぞれ張り付けた。そして、自分は雲海坊と浅草山之宿町の金貸し勘三郎の家を見張った。

幸吉と雲海坊は、金貸し勘三郎の家の前を流れる隅田川の船着場に屋根船を舫《もや》い、見張り場所にした。

和馬は、信吾と伊之吉を連れて屋根船にやって来た。

「こりゃあ、水沢の旦那、連雀町の……」

幸吉と雲海坊は、笑顔で迎えた。

「柳橋の、雲海坊、世話になる……」

信吾と伊之吉は、幸吉と雲海坊に丁寧に挨拶をした。

「いいえ……」

「ささ、どうぞ……」

雲海坊は、茶を淹《い》れ始めた。

「で、柳橋の。信吾たちが山谷橋の袂の飲み屋で聞き込んだ処、何処かの盗賊共が江戸から出る仕度を始めたそうだ」

和馬は告げた。

「じゃあ、やはり毘沙門一味が……」

「ああ。秋山さまは、押込みは今夜かもしれないとな……」

和馬は、厳しい面持ちで告げた。


亥《い》の刻四つ（午後十時）を報せる回向院の鐘の音は、本所の夜空に静かに響き始めた。

茶店から良吉と初老の男が現れ、本所竪川に向かった。

由松と清吉が物陰から現れ、良吉と初老の男を追った。

良吉と初老の男は、竪川に架かっている一つ目之橋の船着場に下り、舫ってあった猪牙舟に乗った。そして、猪牙舟の舳先を大川に向けた。

由松と清吉は、用意してあった猪牙舟に乗って良吉と初老の男を追った。

「あの年寄りが毘沙門の万平ですかね……」

清吉は、猪牙舟の櫓を操りながら睨んだ。

「ああ。間違いねえ……」

竪川から大川に出た猪牙舟は、流れを浅草に遡《さかのぼ》った。

由松と清吉の猪牙舟は追った。


浅草橋場町の蓮花寺を出た仙海と寅助、三人の手下たちは、隅田川沿いの道を浅草広小路に向かった。

「行き先は山之宿の金貸し勘三郎の家だ」

勇次は読んだ。

「押込みますか……」

新八は睨んだ。

「ああ。新八、先廻りをして親分と和馬の旦那に報せろ」

「承知……」

新八は頷き、裏通りに駆け込んだ。

勇次は、仙海と寅助たちを追った。

隅田川を遡って来た猪牙舟は、浅草山之宿町の船着場に船縁を着けた。

初老の男と良吉は、盗賊姿で船着場に下りて石段を駆け上がった。

船着場の上には、仙海、寅助、三人の手下たちが盗賊姿で待っていた。

「毘沙門のお頭……」

仙海と寅助、三人の手下たちが、毘沙門の万平を迎えた。

「おう、御苦労だったな、仙五郎、寅造、みんな。金を奪ったら、そのまま直ぐに江戸から離れるんだ」

初老の男、毘沙門の万平は、薄笑いを浮かべて命じた。

「さあて、そう上手くいくかな……」

久蔵の笑いを含んだ声が夜の闇に響き、南町奉行所の高張り提灯が盗賊毘沙門の万平一味の周囲に掲げられた。

毘沙門の万平、仙五郎、寅造、良吉、三人の手下たちは驚き、身構えた。

着流しの久蔵が現れた。

毘沙門の万平は、久蔵を見据えた。

「毘沙門の万平、年甲斐もなく江戸で一花咲かせようなんて、嘗めた真似はするんじゃあねえ……」

久蔵は冷笑を浮かべた。

「手前、南町奉行所の剃刀……」

万平は、嗄れ声を震わせた。

「ああ。秋山久蔵だぜ」

久蔵は苦笑した。

幸吉、由松、勇次、新八、清吉が現れた。

そして、水沢信吾が伊之吉と下っ引、捕り方たちを率いて現れた。

良吉と三人の手下たちは後退りし、船着場に逃げようとした。

「動くんじゃあない……」

船着場には和馬と雲海坊がいた。

毘沙門の万平、仙五郎、寅造、良吉、三人の手下は取り囲まれた。

「此迄だ。神妙にお縄を受けるんだな」

久蔵は笑い掛けた。

「煩《うる》せえ……」

万平は、長脇差を抜き放った。

仙五郎、寅造、良吉、三人の手下は獣のように喚き、長脇差や匕首《あいくち》を振り廻して血路を開こうとした。

「夜更けに騒ぐんじゃあねえ」

久蔵は、斬り掛かる万平に鉄鞭《かなむち》を一閃《いっせん》した。

万平は、額から血を飛ばして蹲《うずくま》った。

清吉が飛び掛かって縄を打った。

幸吉、勇次、由松、新八、和馬、雲海坊が仙五郎と寅造、三人の手下に襲い掛かった。そして、次々に叩きのめして捕り縄を打って行った。

信吾と伊之吉は、良吉を追い詰めて長十手で激しく打ちのめしてお縄にした。

盗賊毘沙門の万平一味は、金貸し勘三郎の家に押込む前に捕縛された。

信吾は、肩で息をついた。

「良くやった、信吾。御苦労だったな」

久蔵は、信吾を労った。

「秋山さま……」

「此からも励むんだぜ」

久蔵は、信吾に笑い掛けて立ち去った。

「はい……」

信吾は、立ち去って行く久蔵に深々と頭を下げた。

久蔵は、盗賊毘沙門の万平と手下の仙五郎、寅造、良吉たちに死罪の仕置を下した。そして、おすずを捕らえず、盗賊毘沙門一味にその名を記さなかった。

「秋山さま……」

水沢信吾は、久蔵に深く感謝した。

「信吾、おすずが二度と道に迷わないように陰ながら見守ってやるんだな」

久蔵は告げた。

信吾は、久蔵の言葉が己にも向けられたものだと気が付いた。

「道に迷う事は誰にもある。特に若い内にはな……」

「秋山さま……」

「だが、それで良いのだ……」

久蔵は笑った。

微風が吹き抜けた。

第三話

残り香

一

夕陽は不忍池に映え、様々な鳥が上野の森の塒に戻って来ていた。
大禍時が訪れ、不忍池の畔の料理屋『初花《はつはな》』の下足番の老爺は、辻行燈に火を灯した。
不忍池の水面には月影が映え、畔の道に人影はなかった。
老爺は、料理屋『初花』に続く小径を戻り始めた。
男の呻《うめ》き声が聞こえた。
老爺は、怪訝《けげん》な面持ちで振り返った。
青い着物の女が、不忍池の畔を足早に通り過ぎて行った。

老爺は、不忍池の畔に戻り、足早に立ち去って行く青い着物の女を見送った。

香の匂いが微かに漂っていた。

青い着物の女は、明神下の通りに続く道に曲がった。

ちらりと見えた女の横顔は、色白の年増だった。

老爺は、男の苦しげな呻き声に振り返った。

羽織を着たお店の旦那らしき男が、雑木林からよろめきながら出て来た。

老爺は驚き、息を飲んだ。

羽織を着たお店の旦那らしき男は、苦しげに呻いて前のめりに倒れた。

「旦那、どうしました……」

老爺は、恐る恐る近付いた。

羽織を着たお店の旦那らしき男は、羽織の背を血に染めて絶命していた。

鳥の鳴声が、不忍池に甲高く響いた。


南町奉行所の庭には木洩れ日が揺れた。

「して、その仏の身許は分ったのか……」

南町奉行所吟味方与力の秋山久蔵は、定町廻り同心の神崎和馬に訊いた。

「はい。仏は神田須田町の呉服屋越乃屋《こしのや》の主の仁左衛門《にざえもん》と申す者でした」

「呉服屋越乃屋主の仁左衛門か……」

「はい……」

「して、女が逃げて行ったのだな」

「はい。現場近くの料理屋初花の下足番の年寄りが見ておりました」

「そして、背中を刺された仁左衛門が雑木林から現れ、絶命したか……」

「左様です」

「逃げ去った女、どのような女なのだ」

「料理屋初花の下足番がちらりと見た限りでは、女は青い着物の色白の年増だそうです」

和馬は告げた。

「ほう。青い着物の色白の年増か……」

久蔵は眉をひそめた。

「ええ。不忍池の畔から明神下の通りの方に足早に立ち去ったとか……」

「明神下の通りか……」

「今、柳橋の者たちが女の足取りを捜しています」

「うん。で、仁左衛門、誰かに殺されるような事でもあったのか……」

「その辺りは未だ……」

「よし。その辺りを早く突き止めるのだな」

久蔵は命じた。


青い着物の色白の年増……。

勇次、新八、清吉は、青い着物の色白の年増の足取りを捜した。

不忍池の周囲……。

明神下の通りから神田明神、八ツ小路……。

勇次、新八、清吉は、範囲を広げながら足取りを追った。

だが、色白の年増の足取りは容易に見付からなかった。


神田須田町の呉服屋『越乃屋』は弔いを終え、閉めた大戸に『忌中』の紙が貼られていた。

家族は喪に服し、住込みの奉公人たちもそれに倣っていた。

和馬と幸吉は、仁左衛門の内儀のおすみや番頭の庄兵衛《しようべえ》に聞き込みを続けた。

「旦那の仁左衛門、昨夜は何しに不忍池に行ったのだ……」

和馬は尋ねた。

「は、はい。旦那さまは御同業の親しい旦那さま方と逢うと仰ってお出掛けになられましたが……」

番頭の庄兵衛は告げた。

「その同業の親しい旦那方ってのは、何処の何方ですか……」

幸吉は訊いた。

「確か室町《むろまち》の丸菱屋《まるびしや》と上野新黒門町《しんくろもんちよう》の角屋《かどや》さんの旦那さまたちだと思いますが……」

番頭の庄兵衛は、首を捻りながら告げた。

「室町の丸菱屋と上野新黒門町の角屋ですね」

幸吉は念を押した。

「はい……」

「して仁左衛門、誰かに恨まれているような事はなかったのかな」

和馬は、お内儀のおすみに尋ねた。

「存じません」

お内儀のおすみは、俯いたままだった。

「そうか、ならば番頭は……」

「さあ……」

番頭の庄兵衛は、お内儀のおすみを気にして言葉を濁した。

何か知っているが、お内儀のおすみの前では云い難い……。

和馬は読んだ。

「そうか……」

和馬は頷き、幸吉に目配せをした。

幸吉は頷いた。


昼飯前の蕎麦屋は空いていた。

和馬と幸吉は、呉服屋『越乃屋』の番頭の庄兵衛を斜向いの蕎麦屋に秘かに呼び出した。

番頭の庄兵衛は、蕎麦屋の小部屋で和馬や幸吉と向かい合った。

「仁左衛門、誰に恨まれているのだ」

和馬は、小細工なしに尋ねた。

「はい。日本橋は元浜町の呉服屋の菊乃屋《きくのや》の主、佐吉《さきち》さまにございます」

庄兵衛は告げた。

「元浜町の呉服屋菊乃屋の主の佐吉……」

和馬は眉をひそめた。

「はい……」

「何故、菊乃屋の佐吉は、越乃屋の仁左衛門を恨んでいるのだ」

「はい。菊乃屋の佐吉さまは、二代目の旦那でして。二年前、父親の先代が亡くなられて店が傾きましてね。そこで去年、織物問屋から売れ残りの絹を大量に仕入れ、安く売って菊乃屋を立て直そうとしたんですが、仁左衛門の旦那が横から売れ残りの絹に色を付けて買い占めましてね。それで……」

庄兵衛は、申し訳なさそうに項垂れた。

「それで、どうしたんですか……」

幸吉は訊いた。

「菊乃屋は店を立て直せず、潰れたそうにございます」

「潰れた……」

幸吉は眉をひそめた。

「はい。そして、佐吉さまを始め、一家は離散を……」

庄兵衛は、云い難そうに告げた。

「一家離散……」

「はい……」

「して、佐吉は仁左衛門を恨んだか……」

和馬は読んだ。

「はい。いつか必ず恨みを晴らすと云って姿を消したそうです」

庄兵衛は、苦しげに顔を歪めた。

「そうか……」

「で、番頭さん、その菊乃屋に色の白い年増はいなかったかな……」

幸吉は尋ねた。

「菊乃屋さんには、主の佐吉さんの他に妹と母親がいらっしゃいましたが、妹さんは二十歳前、母親で先代のお内儀さまは五十過ぎの方ですが……」

「色の白い年増じゃあないか……」

幸吉は首を捻った。

「はい……」

庄兵衛は頷いた。

「じゃあ庄兵衛、仁左衛門の身辺に色白の年増はいなかったかな」

和馬は訊いた。

「色白の年増ですか……」

庄兵衛は眉をひそめた。

「ああ。青い色の着物を着ているかもしれぬ」

「さあ。いなかったと思いますが……」

庄兵衛は、首を横に振った。

「そうか。柳橋の……」

「はい。潰れた呉服屋の菊乃屋を調べてみますか……」

幸吉は頷いた。


浜町堀の流れは煌めいていた。

呉服屋『越乃屋』の番頭庄兵衛の話は、事件の探索を大きく進展させた。

和馬と幸吉は、日本橋元浜町の潰れた呉服屋『菊乃屋』に向かった。

潰れた呉服屋『菊乃屋』は、浜町堀に架かっている千鳥橋の西詰にあった。

「此処だな……」

和馬は、潰れた呉服屋『菊乃屋』を眺めた。

呉服屋『菊乃屋』は大戸を閉め、長い板が釘で打ち付けられていた。

和馬と幸吉は、元浜町の自身番に向かった。


「はい。菊乃屋の佐吉さんは、母親の先代のお内儀さんと妹さんを残して姿を消しましてね。お内儀さんと妹さんも間もなくいなくなりましたよ」

元浜町の自身番の家主は、眉をひそめて和馬と幸吉に告げた。

「佐吉、恨んでいたかな、須田町の呉服屋越乃屋の仁左衛門を……」

和馬は尋ねた。

「そりゃあもう……」

家主は頷いた。

「殺したい程か……」

和馬は笑い掛けた。

「ええ。いえ。そこ迄はどうですか……」

家主は頷き、慌てて言い繕った。

「和馬の旦那……」

　幸吉は、厳しさを滲ませた。

「うん。佐吉を捜すか……」

「はい。で、その後、佐吉が何処で何をしているか知っていますか……」

　幸吉は、家主に尋ねた。

「さあ、それは知らないが、二ヶ月ぐらい前、本郷の北ノ天神の境内で見掛けたって話、聞いた覚えがありますよ」

　家主は告げた。

「本郷の北ノ天神の境内ですね」

　幸吉は念を押した。

「ええ……」

　家主は頷いた。

「処で菊乃屋や佐吉の身辺に色の白い年増はいなかったかな」

　和馬は尋ねた。

「色の白い年増ですか。さあて、佐吉さんは未だ独り身だったし、店の奉公人にもそんな女はいなかったと思いますよ」

「そうか、いないか……」

「ええ。ですが、菊乃屋が潰れ、姿を消してからは、知りませんがね」

家主は首を捻った。

「それはそうだな……」

和馬は苦笑した。


行燈の明かりは、酒を飲む幸吉と勇次を淡く照らしていた。

勇次、新八、清吉の懸命な探索にも拘わらず、青い着物の色白の年増の足取りは見付からなかった。

「そうか、見付からないか……」

幸吉は、小さな吐息を洩らした。

「はい……」

勇次は頷いた。

「殺された呉服屋越乃屋仁左衛門の身辺にも色白の年増はいないようだ」

幸吉は酒を飲んだ。

「そうですか……」

「それで、仁左衛門を恨んでいる者が見付かったよ」

幸吉は、厳しさを滲ませた。

「恨んでいる者ですか……」

勇次は眉をひそめた。

「ああ……」

幸吉は、元浜町呉服屋『菊乃屋』の潰れた経緯《いきさつ》と主の佐吉が恨みを抱いて姿を消した事を話して聞かせた。

「じゃあ、その佐吉が仁左衛門殺しに何らかの拘りがあるのかも……」

勇次は読んだ。

「きっとな。だが今の処、佐吉の周囲に色白の年増がいた形跡はない……」

幸吉は、猪口に酒を満たした。

「で、その佐吉は何処に……」

「そいつが、本郷の北ノ天神で見掛けられたぐらいでな。何処にいるかは分らない」

「北ノ天神ですか……」

「ああ……」

「佐吉の人相風体は……」

「背の高い痩せた男で、歳は二十四。見るからにお店の若旦那って、穏やかな顔をしているそうだ」

幸吉は、元浜町の自身番の家主から聞いた佐吉の人相風体を教えた。

「分りました。明日、北ノ天神に行ってみますよ」

「そうか……」

幸吉は頷いた。

行燈の火は瞬いた。


本郷北ノ天神真光寺門前町には、数軒の飲み屋が軒を連ねていた。

着流しの中年武士が現れ、飲み屋の連なる通りを酔った足取りで進んだ。

連なる飲み屋からは酔客の笑いが洩れ、暖簾が微風に揺れていた。

着流しの中年武士は、酔った足取りで連なる飲み屋の通りを抜け、北ノ天神の横手の土塀沿いの道に向かった。

夜風が吹き抜けた。

夜廻りの木戸番の打つ拍子木の音は、夜空に甲高く響いた。

着流しの中年武士は、連なる飲み屋の通りを酔った足取りで進み、北ノ天神の土塀沿いの道に出た。

北ノ天神土塀沿いの道は、通る者も少なく静けさに満ちていた。

着流しの中年武士は進んだ。

北ノ天神の土塀の陰の闇が揺れた。

着流しの中年武士は、土塀の陰の闇が揺れたのに気が付かずに進んだ。

刹那、土塀の闇から頬被りをした背の高い瘦せた男が現れ、着流しの中年武士に猛然と体当たりした。

着流しの中年武士は、刀を抜く間もなく土塀に一気に押し付けられた。

「お、おのれ……」

着流しの中年武士は、恐怖に眼を瞠《みは》り、嗄れ声を苦しげに引き攣らせた。

その腹には匕首が、深々と突き刺されていた。

着流しの中年武士は、必死に抗って逃げようとした。

背の高い瘦せた男は、着流しの中年の武士の腹に突き刺した匕首を両手で握り締めて大きく抉《えぐ》った。

着流しの中年武士は、苦しい断末魔の叫び声を上げた。

夜廻りの木戸番が辻から現れた。

背の高い痩せた男は、慌てて着流しの中年武士から匕首を抜いて身を翻した。

着流しの中年武士は、土塀に身体を預けたままずるずると落とし、尻餅をついた。

木戸番が駆け寄り、慌てて拍子木を打ち鳴らした。

着流しの中年武士は、土塀に寄り掛かったまま絶命していた。

殺された着流しの中年武士は、本郷御弓町《おゆみちょう》に住む旗本坂上兵庫《さかがみひょうご》だった。

「坂上兵庫、三百石取りの小普請《こぶしん》組支配組頭か……」

久蔵は苦笑した。

小普請組とは、禄高三千石以下の非役の旗本御家人の組であり、組頭は小普請組支配の下で小普請の者たちを差配する役目だ。

「はい。酒に酔っていた所為か、刀を抜かずに腹を深々と刺されて殺されたそうです」

和馬は、腹立たしげに告げた。

「して、行き合わせた木戸番が逃げる男を見たのだな」

「はい。逃げた男は人足風の形で頰被りをし、背の高い瘦せた若い男だったそうです」

「背の高い瘦せた若い男か……」

「はい。それなんですが……」

和馬は、微かな戸惑いを過ぎらせた。

「どうかしたのか……」

「はい。過日、殺された呉服屋越乃屋の仁左衛門を恨んでいる者が浮かびましてね」

「そいつが、坂上兵庫殺しと拘りがありそうなのか……」

久蔵は読んだ。

「未だはっきりしないのですが、仁左衛門を恨んでいる者は佐吉と云いましてね。元浜町で呉服屋を営んでいたのですが、仁左衛門に商いの邪魔をされて店を潰し、一家離散に追い込まれ、姿を消しているのです」

「して、その佐吉がどうした……」

「佐吉、背の高い瘦せた二十四歳の男でしてね。北ノ天神で見掛けたと聞き、柳橋が捜し始める処でした」

「背の高い痩せた若い男で北ノ天神か……」

久蔵は眉をひそめた。

「ええ。偶々《たまたま》って事かもしれませんが……」

和馬は眉をひそめた。

「いや。そうとも云い切れねえだろう」

久蔵は小さく笑った。

「秋山さま……」

「和馬、殺された坂上兵庫の身辺に佐吉らしい男がいないか調べてみるのだな」

久蔵は命じた。

二

背の高い痩せた若い男……。

柳橋の幸吉は、新八と清吉に色白の年増の足取りを引き続き追わせ、雲海坊、由松、勇次に背の高い痩せた若い男の洗い出しを命じた。そして、和馬と幸吉は、坂上兵庫の身辺に背の高い痩せた若い男がいないか調べる事にした。

勇次、雲海坊、由松は、北ノ天神真光寺境内の茶店や門前の土産物屋などに、背の高い痩せた若い男を知らないか訊き廻った。

背の高い痩せた若い男を見掛けた者はいた。

「いつ頃、見掛けたのかな……」

勇次は、茶店の老婆に尋ねた。

「二ヶ月程、前からだったかね。時々来ていたよ……」

「二ヶ月程前からか……」

「で、此処に来て何をしていたのかな」

由松は訊いた。

「さあ、何をしていたのかねえ……」

茶店の老婆は、背の高い痩せた若い男が北ノ天神で何をしていたか迄は知らなかった。

「由松さん……」

「ああ。もしその背の高い痩せた若い男が坂上兵庫を殺した野郎なら、坂上の動きを見張っていたのかもしれないぜ」

由松は読んだ。

「ええ……」

勇次は頷いた。

「それにしても、坂上兵庫を殺った背の高い痩せた野郎が、仁左衛門を恨んでいる佐吉ってのはどうかな……」

由松は首を捻った。

「ですが、人相風体や北ノ天神で見掛けたってのは……」

「そいつは確かに気になるが、坂上兵庫と佐吉に拘りがあるようには思えなくてな」

由松は眉をひそめた。

北ノ天神の境内は参拝客が行き交った。

本郷御弓町の坂上屋敷は、表門を閉じて喪に服していた。

兵庫の死は、町方の者に刺し殺されたと知れ渡り、病死を装う事は出来なかった。

和馬と幸吉は、坂上屋敷を訪れて用人の野々村半蔵に逢った。

「背の高い瘦せた若い男ですか……」

用人の野々村半蔵は眉をひそめた。

「うむ。坂上兵庫さまを刺し殺した者ですが、心当りはありませんか……」

和馬は訊いた。

「さあて……」

野々村に心当りはなかった。

「ならば、坂上さま。昨夜は何処にお出掛けになったのですかな」

和馬は、野々村を見詰めた。

「そ、それは……」

野々村は、微かに狼狽えた。

何かある……。

和馬と幸吉は睨んだ。

「坂上さまは何処に……」

和馬は、声音に厳しさを滲ませた。

「神崎どの、此処だけの話ですが……」

野々村は声を潜めた。

「はい……」

「旦那さまは、女に逢いに行っていたのです」

野々村は、困惑した面持ちで告げた。

「女……」

和馬は、思わず訊き返した。

幸吉は眉をひそめた。

「如何にも……」

「ならば、坂上さまは秘かに女に逢いに行った帰りでしたか……」

「はい……」

野々村は頷いた。

「逢いに行った女、何処の誰ですか……」

和馬は訊いた。

「そ、それは……」

野々村は、躊躇いを浮かべて言葉を濁した。

「野々村どの、隠されるのなら、我ら南町奉行所は、坂上さまが刀を抜きもせずに、人足風情《ふぜい》の者に刺し殺されたと、隠さずありのままを評定所に届けねばなりませんが……」

和馬は、笑顔で脅した。

武士が刀を抜き合わせもせずに殺されるのは、恥辱とされている。

「か、神崎どの、それだけは……」

野々村は怯《おび》えた。

「ならば、女は……」

「小普請組の御家人村井《むらい》清之介《せいのすけ》どのの御妻女弓恵《ゆみえ》どのにございます」

野々村は、苦しげに顔を歪めた。

「小普請組の御家人村井清之介どのの御妻女弓恵どの……」

和馬は眉をひそめた。

「はい。御役目に推挙されたいのならと……」

野々村は俯いた。

「その御家人の村井さま、御屋敷は……」

幸吉は尋ねた。

「下谷練塀小路《ねりべいこうじ》と。神崎どの、何卒、何卒よしなにお願い致します」

野々村は、窮地に立たされた主家を護ろうと必死な面持ちで頭を下げた。

和馬は、微かな嘲《あざけ》りを過ぎらせた。


殺された旗本坂上兵庫は、小普請組支配組頭であるのを良い事に役目に就きたいと願う小普請組の小旗本や御家人の妻女に伽《とぎ》をさせていた。

「坂上兵庫、陸《ろく》な奴じゃあねえ……」

和馬は吐き棄てた。

「そいつで恨みを買って殺されましたか……」

幸吉は読んだ。

「きっとな……」

和馬は頷いた。

「それなら、殺した背の高い瘦せた若い男は、人足に形を変えた小普請組の御家人かもしれませんか……」

「そいつは何とも云えないが、あっても不思議はないな」

和馬は、表門を閉めている坂上屋敷を厳しい面持ちで見詰めた。

「和馬の旦那、あっしは北ノ天神に行ってみます」

「うん。ならば、俺は坂上兵庫の事を秋山さまに御報せするぜ」

和馬は告げた。

北ノ天神真光寺門前の蕎麦屋は、昼飯を食べる客で賑わっていた。

柳橋の幸吉は、勇次、雲海坊、由松と蕎麦屋の座敷に上がり、蕎麦を手繰った。

幸吉は、殺された旗本坂上兵庫が小普請組支配組頭の役目を笠に働いた事を報せた。

「親分、それなら、坂上兵庫を殺した背の高い痩せた若い男、お縄にしない方が良いんじゃあないかな」

雲海坊は笑い、手酌で酒を飲んだ。

「雲海坊。俺もそう思うが、御定めは御定めだ。そうもいかない」

幸吉は苦笑した。

「それで親分、背の高い痩せた若い男、坂上兵庫の身辺にいたんですか……」

勇次は訊いた。

「そいつが、今の処は浮かんじゃあいない」

「じゃあ、背の高い痩せた若い男が、越乃屋仁左衛門を恨んでいる佐吉とは……」

「同じ者かどうかは、未だはっきりしない」

幸吉は告げた。

「呉服屋越乃屋の仁左衛門を殺したのは青い着物を着た色白の年増ですが、恨んでいたのは背の高い痩せた菊乃屋の佐吉。旗本の坂上兵庫を殺したのは背の高い痩せた若い男ですが、恨んでいたのは伽を命じられた御家人の妻女……」

由松は眉をひそめた。

「入れ替わっているか……」

幸吉は読んだ。

「ええ。そんな風にも思えますね」

由松は首を捻った。

「もし、そうなら色白の年増は、御家人の御新造って事になりますか……」

勇次は読んだ。

「かもしれないな。よし、下谷練塀小路に住んでいる御家人村井清之介の妻女に逢ってみるか……」

幸吉は、勇次を連れて下谷練塀小路に行く事にした。

「殺された坂上兵庫、そんな野郎なのか……」

久蔵は呆れた。

「ええ……」

和馬は、腹立たしげに頷いた。

「坂上兵庫、役目に就きたい小旗本や御家人夫婦を泣かせ、背の高い痩せた若い男に刺し殺されたか……」

「はい……」

「して、坂上兵庫の知り合いに背の高い痩せた若い男はいないのだな……」

久蔵は、厳しさを滲ませた。

「用人の野々村半蔵に聞いた限りでは……」

和馬は頷いた。

「殺したい程に恨んでいた者。それとも、恨んでいるだけの者と、殺しただけの者……」

久蔵は眉をひそめた。

下谷練塀小路には、赤ん坊の泣き声が響いていた。

「此処ですね。村井清之介さんの組屋敷……」

「ああ……」

幸吉と勇次は、一軒の組屋敷の前に立ち止まった。

村井屋敷の庭には桜の古木があった。

幸吉と勇次は、村井屋敷を窺った。

村井屋敷は静かで、微かに香の匂いがした。

「何か匂いますね……」

勇次は鼻を鳴らした。

「うん。伽羅《きやら》の香りだな」

幸吉は、微かに漂う香の匂いが伽羅だと気が付いた。

「伽羅香ですか。で、どうします」

勇次は、幸吉に指図を仰いだ。

「ちょいと様子をみるか……」

幸吉は、慎重に事を進める事にした。

その時、村井屋敷から板戸の開く音がした。

「親分……」

「うん……」

幸吉と勇次は、素早く物陰に隠れた。

村井屋敷の木戸門が開いた。

女が風呂敷包みを抱えて出て来た。

伽羅香の香りが微かに漂った。

幸吉と勇次は見守った。

出て来た女は、色白の年増だった。

「親分。色白の年増です……」

勇次は緊張した。

「うん。御新造の村井弓恵さまだな」

幸吉は、下谷広小路に向かう村井弓恵を慎重に尾行し始めた。

勇次が続いた。

「村井弓恵さまが色白の年増なんですかね」

勇次は読んだ。

「ああ、かもしれないな……」

幸吉は、足早に行く弓恵の後ろ姿を見詰めて頷いた。

下谷広小路は賑わっていた。

弓恵は、風呂敷包みを抱えて雑踏を抜け、上野北大門町《きただいもんちょう》に向かった。

幸吉と勇次は追った。

村井弓恵は、呉服屋『越乃屋』の仁左衛門を殺《あや》めた色白の年増なのか……。

もし、そうなら仁左衛門とはどんな因縁があるのか……。

そして、潰れた呉服屋『菊乃屋』佐吉とどんな拘りがあるのか……。

幸吉は、弓恵の後ろ姿を見詰めながら想いを巡らせた。

「村井弓恵さま、何処に行くんですかね」

勇次は眉をひそめた。

「うん……」

弓恵は、上野北大門町の裏通りに進んで小間物問屋の暖簾を潜った。

幸吉と勇次は見届けた。

「小間物問屋ですね」

「ああ。飾り結びか組紐、内職で作った物を納めに来たのかもしれないな」

幸吉は読んだ。

「ええ……」

勇次は頷いた。

「勇次、村井弓恵さまが色白の年増なら佐吉が繋ぎを取りに現れるかもしれない」

「はい……」

幸吉と勇次は、弓恵の入った小間物問屋を見張り、周囲を油断なく窺った。

半刻が過ぎた。

村井弓恵は、小間物問屋での用を終えて来た道を戻り始めた。

幸吉と勇次は追った。

弓恵は、何事もなく下谷練塀小路の組屋敷に戻った。

幸吉と勇次は見届けた。

弓恵に背の高い痩せた若い男と落ち合ったり、繋ぎを取る気配はなかった。

「よし。勇次、新八と清吉を呼ぶ。村井弓恵さまから眼を離すな」

幸吉は命じた。

「はい……」

勇次は頷いた。

村井屋敷の桜の古木は、吹く風に梢《こずえ》を揺らして葉音を鳴らした。

「御家人村井清之介の妻、弓恵か……」

久蔵は眉をひそめた。

「はい。柳橋が見た限り、歳は三十前後で色の白い女だそうです」

和馬は告げた。

「色白の年増か……」

久蔵は小さく笑った。

「はい。今、勇次が新八や清吉と見張っています」

幸吉は報せた。

「弓恵の動きと、訪れ、近寄る者がいるかどうかか……」

久蔵は読んだ。

「はい……」

幸吉は頷いた。

「して、佐吉の行方はどうなった……」

「雲海坊と由松が追っていますが、未だ何とも……」

幸吉は眉をひそめた。

「和馬、柳橋の。村井弓恵と佐吉の拘りはどうなっているのだ」

「今の処は何も……」

和馬は、首を横に振った。

「そうか……」

「秋山さまは、村井弓恵と佐吉に何か拘りがあると……」

和馬は眉をひそめた。

「もし、背の高い瘦せた若い男は佐吉で、色白の年増が村井弓恵なら、二人は必ず何処かで出逢っている筈だ」

久蔵は睨んだ。

「分りました。佐吉と村井弓恵さまの拘りを探してみます」

幸吉は頷いた。

「うむ。何れにしろ、佐吉と村井弓恵は毎日の暮しの重なる処で出逢い、拘りを持ったのだろう。その辺りを詳しく当たってみるのだな」

久蔵は命じた。


村井弓恵は動かなかった。

勇次、新八、清吉は見張りを続けた。

村井家に子供はいなく、弓恵の夫の村井清之介は中肉中背の中年男であり、役目のない暇な毎日を酒や博奕などで自堕落に送っていた。

夕暮れ時。

村井清之介は、組屋敷から出掛けた。

「新八、追ってみな……」

勇次は命じた。

「合点です」

新八は、出掛けて行く村井清之介を追った。

勇次と清吉は、組屋敷から出ない弓恵を見張り続けた。


雲海坊と由松は、潰れた呉服屋『菊乃屋』主の佐吉について調べ始めた。

深川六間堀は、本所竪川と深川小名木川《おなぎがわ》を南北に結んでおり、西側には北六間堀町があった。

「あそこですよ。堀端長屋……」

北六間堀町の木戸番は、六間堀沿いにある古い長屋を指差した。

「で、長屋にはおっ母さんと娘さんの二人が住んでいるんだね」

由松は訊いた。

「ええ……」

「で、背の高い痩せた倅はいないんだね」

由松は念を押した。

「ええ。あっしは一度も見掛けた事はありませんぜ」

「そうか……」

由松は、佐吉の母親と妹の暮らしている堀端長屋を眺めた。

佐吉は、母親と妹に迷惑を掛けたくないと、堀端長屋に現われはしないだろう
……。

由松は、佐吉の人柄を読んだ。

母親と妹は、呉服屋『越乃屋』仁左衛門が殺されたのを知らないかもしれない。

知らないのなら、その方が良いのかもしれない……。

由松は、母親と妹に直に当たらず、先ずは様子を見る事にした。


雲海坊は、佐吉が元浜町の呉服屋『菊乃屋』の主だった頃の毎日を調べた。

番頭だった彦八《ひこはち》は、呉服屋『菊乃屋』が潰れた時に隠居していた。

雲海坊は、彦八を訪れて旦那の頃の佐吉の毎日を尋ねた。

「そうだねえ。佐吉の旦那は先代の残した借金を返し、何とか店を立て直そうと一生懸命でしてね。商いで忙しくて遊びに行く事も滅多にありませんでしたよ」

彦八は、懐かしそうに眼を細めた。

「若いのに商売熱心で真面目な人ですか……」

「ああ。疲れた時は、浜町堀に架かっている川口橋に行って、ぼんやりと三ツ俣や大川を眺めていましてねえ……」

彦八は、老いた顔を淋しげに歪めた。

「疲れた時、ぼんやりと三ツ俣や大川をね」

雲海坊は、佐吉の人となりを僅かに知った。


大川三ツ俣は中洲であり、その向こうに永代橋や江戸湊が見えた。

雲海坊は、浜町堀が大川に続く処に架かっている川口橋に佇み、三ツ俣の向こうに見える永代橋と江戸湊を眺めた。

永代橋には人が行き交い、青い江戸湊には白帆が浮かんでいた。

長閑な風景だった。

佐吉は、借金の返済や仕事に疲れた時、川口橋に佇んで長閑な風景をぼんやりと眺めていたのだ。

唯一の癒しだったのかもしれない……。

雲海坊は、佐吉を思い遣った。

夕陽が差し込み、江戸湊は煌めいた。

三

下谷練塀小路に人通りはなく、連なる組屋敷は蒼白い月明かりを浴びていた。

村井屋敷は小さな明かりを灯していた。

勇次と清吉は、見張りを続けていた。

弓恵は出掛けず、背の高い痩せた若い男が現れる事もなかった。

弓恵は、一人で組紐か飾り結びの内職をしているのかもしれない……。

勇次は読んだ。

「亭主の村井清之介、何処に何しに行ったんでしょうね」

清吉は、出掛けたまま帰って来ない村井清之介に首を捻った。

「さあな……」

勇次は吐き棄てた。

「子も生めない役立たずの女房ですか……」

清吉は、近所でそれとなく聞き込んだ事を口にした。

「ああ。酷い事を云う奴だぜ。気に入らないならさっさと離縁すりゃあいいのに……」

勇次は、村井清之介に腹立たしさを覚えていた。

弓恵はかつて流産して以来、子を身籠る事はなかった。

村井清之介は、そんな弓恵を罵《ののし》り、何かと辛く当たっている。

そんな亭主の為に……。

勇次は、弓恵に同情した。

不忍池は月明かりに煌めいた。

忍川は不忍池から御徒町を貫き、三味線堀や新堀川に流れている。

その忍川沿いの下谷町一丁目にある場末の飲み屋は賑わっていた。

人足、博奕打ち、浪人、御家人などが安酒を楽しんでいた。

弓恵の夫の村井清之介は、そうした者たちと一緒に酒を飲み、馬鹿笑いをしていた。

いい気なもんだ……。

新八は、嘲りを浮かべて村井清之介を見張った。

夜は静かに更け、闇は膨らんでいく。


深川六間堀沿いの堀端長屋には、井戸端で洗濯をするおかみさんたちの声が賑やかに響いていた。

洗濯をするおかみさんたちの中には、佐吉の母親と妹もいた。

佐吉の母親と妹は、おかみさんたちと楽しげにお喋りをしていた。

佐吉は現れていない……。

由松は、母親と妹の様子からそう見定めた。

母親と妹は、佐吉が人を殺したかもしれない事を知らないのだ。

おそらく、佐吉は母親と妹の許には現れるつもりはない。

由松は睨み、母親と妹の見張りを解き、裏渡世に佐吉を捜す事にした。

浜町堀に架かっている川口橋から見える永代橋と江戸湊の風景……。

佐吉は、疲れた時、落ち込んだ時、嬉しい時など何かあった時には川口橋を訪れ、永代橋と江戸湊を眺めに来ていた。

雲海坊は、川口橋に佇んで永代橋と江戸湊を眺めた。

「良い眺めでしょう」

傍の下総国佐倉藩《しもうさのくにさくらはん》江戸上屋敷の小者は、掃除の手を止めて雲海坊に声を掛けて来た。

「ええ。結構な眺めですね」

雲海坊は微笑んだ。

「そりゃあもう。処でお坊さま、此の処、良くお見えですね」

佐倉藩江戸上屋敷の小者は、川口橋に来ていた雲海坊に気が付いていた。

「ええ。良く此処に来て江戸湊を眺めていたって人を捜していましてね」

「それはそれは……」

「お前さまは、元浜町にあった菊乃屋と云う呉服屋の佐吉って旦那を御存知ですかな……」

雲海坊は尋ねた。

「ああ。菊乃屋の佐吉の旦那ですか……」

小者は、佐吉を知っていた。

「ええ。近頃、見掛けましたか……」

雲海坊は頷いた。

「いいえ。最後に見掛けたのは、半年ぐらい前ですか……」

小者は、永代橋と江戸湊を眺めた。

「半年ぐらい前……」

「ええ。その時、佐吉さん。此処で大川に身投げをしようとした御武家の御妻女を止めましてね……」

小者は、思わぬ事を語った。

「佐吉の旦那、御武家の御妻女の身投げを止めたのですか……」

雲海坊は眉をひそめた。

「ええ……」

小者は頷いた。

「その御武家の御妻女、色白の年増じゃありませんでしたか……」

雲海坊は訊いた。

「そう云えば、そうでしたかね……」

小者は首を捻った。

何れにしろ、佐吉は武家の妻女の身投げを止めた。

おそらく、身を投げようとした武家の妻女は、色白の年増の村井弓恵なのだ。

半年ぐらい前、佐吉は身投げをしようとした村井弓恵を思い止まらせた。

身投げを止めた……。

雲海坊は、佐吉と村井弓恵の拘りを漸く摑んだ。

背の高い痩せた二十四歳の元呉服屋の旦那の佐吉……。

佐吉は、役人の眼から逃れる為、裏渡世を隠れ歩いているかもしれない。

由松は読み、知り合いの博奕打ちを呼び出し、背の高い痩せた元呉服屋の若い旦那を知らないか尋ねた。

「元呉服屋の旦那かどうかは分らねえが、背の高い痩せた若い男なら見掛けましたぜ」

博奕打ちは、手酌で酒を飲んだ。

「何処でだ……」

「谷中の賭場でしてね。僅かな駒札を真剣な顔で賭けていて、何処かの店の旦那が初めて博奕をしているって感じでね。それで何となく覚えていたんですぜ」

博奕打ちは苦笑した。

「で、その背の高い痩せた若い男は……」

「さあ、あっしは先に賭場を出たもんで……」

博奕打ちは、申し訳なさそうに告げた。

「そうか……」

佐吉は金に困っている……。

何れにしろ、又賭場に現れるかもしれない。

由松は読んだ。

下谷練塀小路に物売りの声が響いていた。

勇次は、清吉を幸吉の許に報告に走らせ、新八と共に村井屋敷の見張りを続けた。

伽羅香の香りが、村井屋敷から微かに漂って来た。

昨夜遅く、村井清之介は酒に酔い、千鳥足で帰って来た。

新八は、村井清之介を追って戻り、安酒を飲んで来た事を腹立たしげに告げた。

「本当に嫌な野郎だな……」

勇次は頷いた。

「ええ。坂上兵庫と一緒に殺してやりたいぐらいですよ」

新八は罵り、吐き棄てた。

村井屋敷の木戸門が開いた。

勇次と新八は、素早く物陰に隠れた。

村井弓恵が木戸門から出て来た。

伽羅香の香りが漂った。

「勇次の兄貴……」

新八は身構えた。

「うん。追うよ……」

勇次は、出掛けて行く弓恵を追った。

新八は続いた。

村井弓恵は、伽羅香の香りを漂わせて下谷広小路に向かった。

何処に何しに行く……。

勇次と新八は尾行た。


「そうか。佐吉と村井弓恵の拘りが分ったか……」

久蔵は座った。

「はい。雲海坊……」

幸吉は、雲海坊を促した。

「はい。半年ぐらい前、佐吉は浜町堀は川口橋から大川に身投げをしようとした村井弓恵さまを止めていました」

雲海坊は報せた。

「身投げを止めた……」

久蔵は眉をひそめた。

「はい……」

雲海坊は、佐倉藩江戸上屋敷の小者に聞いた話を詳しく話した。

和馬は、黙って聞き終えて吐息を洩らした。

「成る程、それで佐吉と村井弓恵は知り合ったか……」

久蔵は苦笑した。

「はい。そして、佐吉は何故に身投げをしようとしたのか訊き、弓恵さまの境遇を知ったものかと……」

「で、弓恵を哀れんだか……」

雲海坊は読んだ。

「きっと……」

「そして、佐吉も己の事を弓恵に話しましたか……」

雲海坊は頷いた。

和馬は読んだ。

「うむ。して、互いに恨んでいる相手を殺す事にしたか……」

久蔵は読んだ。

「違いますかね……」

和馬は頷いた。

「ま、そんな処だろうが……」

久蔵は、厳しさを滲ませた。

「確かな証拠ですか……」

幸吉は尋ねた、

「ああ。それに佐吉の行方だ……」

「佐吉は、谷中の賭場に現れたようです。今、由松が追っています」

「谷中の賭場……」

久蔵は眉をひそめた。

「何か……」

和馬は戸惑った。

「うん。佐吉と弓恵が恨んでいる相手が越乃屋仁左衛門と坂上兵庫なら、企ては既に成就《じょうじゅ》した筈だ。さっさと江戸から逃げれば良いものを、未だ江戸に彷徨いているとはな……」

久蔵は、冷ややかな笑みを浮かべた。

神田川には荷船が行き交った。

村井弓恵は、神田川に架かっている和泉橋《いずみばし》を渡って柳原通り《やなぎわらどお》を横切り、玉池稲荷の方に尚も進んだ。

勇次と新八は追った。

弓恵は、伽羅の香りを微かに漂わせて進んだ。

やがて、弓恵は浜町堀に出た。

「浜町堀ですぜ……」

新八は眉をひそめた。

「ああ……」

浜町堀の元浜町には、佐吉の潰れた呉服屋『菊乃屋』があった。

何か拘りがあるのか……。

勇次は、弓恵の後ろ姿を見詰めながら読んだ。

伽羅の香りが微かに過ぎった。

佐吉は谷中の何処かにいるのか……。

由松は谷中を訪れ、土地の博奕打ちや地廻りにそれとなく聞き込みを掛けた。

佐吉と云う名の背の高い痩せた若い男……。

だが、佐吉を知っている者はいなかった。

由松は捜し続けた。


大川に架かっている永代橋と千石船の行き交う江戸湊……。

村井弓恵は、浜町堀に架かっている川口橋に佇み、眩しげに眺めた。

勇次と新八は、物陰から見守った。

弓恵は、誰かを捜すかのように辺りを見廻した。

「誰かを捜しているんですかね」

新八は眉をひそめた。

「ああ……」

勇次は見守った。

川口橋の東詰にある下総国佐倉藩江戸上屋敷から小者が現れ、表門前の掃除を始めた。

弓恵は気が付き、掃除をする小者に近寄って何事かを尋ね始めた。

「何を訊いているんですかね……」

「うん……」

勇次と新八は見守った。

小者は首を捻り、弓恵に何事かを告げた。

弓恵は、僅かに狼狽えて辺りを見廻し、小者に礼を述べて浜町堀沿いの道を足早に戻り始めた。

「どうしたんですかね」

「追ってくれ。俺は弓恵が何を尋ねたか訊いてみる」

「合点です」

新八は、浜町堀沿いの道を戻って行く弓恵を追った。

勇次は、再び掃除を始めた小者に駆け寄った。

「ちょいとお尋ねしますが……」

勇次は、懐の十手を見せた。

「は、はい。何か……」

小者は、微かな緊張を滲ませた。

「今の御武家の御妻女、何を尋ねたのですか」

「ああ。佐吉さんって人を見掛けないかと……」

「佐吉……」

勇次は眉をひそめた。

「ええ……」

「佐吉って元浜町で呉服屋菊乃屋を営んでいた佐吉旦那の事ですか……」

「ええ。そうですが……」

小者は、戸惑いを浮かべて頷いた。

村井弓恵は佐吉を捜している……。

勇次は知った。

「それで、托鉢のお坊さまも佐吉の旦那を捜しに来ていたと教えたら、慌てて帰られたんですよ」

小者は眉をひそめた。

托鉢のお坊さまは、おそらく雲海坊さんなのだ……。

勇次は読んだ。

弓恵は、それを聞いて慌てて帰った。

「御武家の御妻女と佐吉の旦那、どんな拘りなのか知っていますか……」

勇次は、小者に尋ねた。

村井弓恵は、下谷練塀小路の組屋敷に帰って来た。

浜町堀から何処にも寄らず、誰とも逢わずに真っ直ぐに帰って来た。

新八は見届けた。

「新八……」

清吉が物陰から現れた。

「おう、清吉……」

「何処に行っていたんだ」

「浜町堀の川口橋だ」

「川口橋……」

「ああ……」

「何しに……」

「そいつは、勇次の兄貴が調べて来る」

「そうか……」

新八と清吉は、村井屋敷を眺めた。

村井屋敷は、弓恵が帰って来ても静かなままだった。

弓恵が出掛ける時には、組屋敷にいた筈の村井清之介は今もいるのか……。

「清吉、亭主の村井清之介、いるのか……」

「俺が戻ってからは、出掛けちゃあいない」

清吉は告げた。

「そうか……」

村井清之介は組屋敷にいるのか、それとも清吉が来る前に出掛けたか……。

新八は、村井屋敷を見詰めた。


「村井弓恵さま、佐吉を捜している……」

幸吉は眉をひそめた。

「はい。どうやら弓恵さま、佐吉が何処に潜んでいるのか知らないようです」

勇次は告げた。

「で、弓恵は雲海坊が佐吉を捜していると聞いて、慌てて佐倉藩江戸上屋敷の傍から離れたのだな」

和馬は訊いた。

「はい。新八が追いました。それで、佐吉と弓恵さまの拘りは雲海坊さんから聞きましたか……」

「うむ。佐吉が弓恵の身投げを止め、お互いの不運と恨みを知り、越乃屋仁左衛門と坂上兵庫を殺したか……」

和馬は、佐吉と弓恵を哀れんだ。

「はい……」

勇次は頷いた。

「とにかく佐吉だ……」

和馬は告げた。

「佐吉は谷中の賭場で見掛けられ、今、由松が追っていて、雲海坊が助っ人に行った。勇次、お前も行ってくれ」

幸吉は命じた。

四

谷中は富籤で名高い天王寺を始めとして寺が多くあり、岡場所も賑わっていた。

由松は、佐吉を捜し続けていた。

「由松……」

雲海坊がやって来た。

「こりゃあ、雲海坊の兄貴……」

由松は、疲れた顔に笑みを浮かべた。

「佐吉、見付からないようだな」

「ええ。佐吉、もう谷中の賭場には現れないかもしれませんよ。で、兄貴の方は何か分りましたか……」

「ああ……」

雲海坊は、佐吉と村井弓恵の拘りを詳しく教えた。

「成る程、そう云う訳でしたか……」

由松は頷いた。

「ああ。恨みを抱えた男と女がひょんな事で出逢い、お互いの恨みの相手を殺したって処だな……」

雲海坊は読んだ。

「ええ。哀れなもんですねえ」

由松は、佐吉と弓恵に同情した。

「雲海坊さん、由松の兄貴……」

勇次が駆け寄って来た。


一膳飯屋に客は少なかった。

雲海坊、由松、勇次は、僅かな酒と飯で腹拵えをした。

「そうか。弓恵さまも佐吉を捜しているか……」

雲海坊は眉をひそめた。

「って事は、弓恵さまも佐吉の居場所は知らないか……」

由松は読んだ。

「ええ……」

勇次は頷いた。

「それにしても佐吉、此のまま江戸を逃げ廻るつもりなのかな」

雲海坊は首を捻った。

「何れは、深川北六間堀町の堀端長屋にいるおっ母さんや妹の処に帰りたいのかもしれませんね……」

勇次は読んだ。

「さあて、そいつはどうかな……」

由松は首を捻った。

「どう云う事だ」

「はい。佐吉のおっ母さんと妹は、何も知らずに暮らしています。今更、現れて迷惑を掛けないと思いますぜ」

由松は睨んだ。

「そうか……」

「ええ……」

由松は酒を飲んだ。

「で、由松さん、佐吉が谷中にいないとなると、どうするんですか……」

勇次は、由松の出方を訊いた。

「裏渡世を逃げ廻るには金がいる。その金は賭場で作るしかない。博奕打ちに訊いて廻るしかないだろうな」

由松は苦笑した。

「よし。じゃあ、手分けするか……」

雲海坊は、猪口の酒を飲み干した。

木洩れ日は揺れた。

久蔵は、用部屋から中庭に揺れる木洩れ日を眺めていた。

呉服屋『越乃屋』仁左衛門と旗本の坂上兵庫を殺した今、佐吉は何故に逃げず、江戸にいるのだ。

己と村井弓恵の恨みは、既に晴らした筈だ。

それなのに何故……。

佐吉は弓恵に居場所を報せず、何をしようとしているのだ。

久蔵は読んだ。

恨みを晴らす相手は、未だいるのかもしれない。

もし、そうだとすると、それは誰なのか……。

久蔵は、揺れる木洩れ日を見詰めた。

まさか……。

久蔵は眉をひそめた。

揺れる木洩れ日は煌めいた。

下谷練塀小路の村井屋敷からは、伽羅香の微かな匂いが漂っていた。

新八と清吉は見張り続けた。

主の村井清之介と妻の弓恵は、出掛ける事もなく屋敷に閉じ籠っていた。

練塀小路には、近所の者や行商人が行き交った。

背の高い痩せた百姓が菅笠《すげがさ》を被り、野菜を入れた竹籠を背負ってやって来た。

「清吉……」

新八は、やって来た背の高い痩せた菅笠の百姓を示した。

「うん、背が高く痩せているな……」

清吉は読んだ。

新八と清吉は、厳しい面持ちで背の高い痩せた菅笠の百姓を見守った。

背の高い痩せた菅笠の百姓は、村井屋敷をちらりと一瞥して通り過ぎて行った。

漂っていた伽羅香の微かな匂いが散った。

「佐吉じゃあないか……」

「ああ……」

新八と清吉は見送った。

刻が過ぎた。

村井清之介と弓恵に出掛ける気配は窺えなかった。

新八と清吉は、辛抱強く見張りを続けた。

「おう。御苦労だな……」

塗笠を目深に被った久蔵が着流しで現れた。

「これは秋山さま……」

新八と清吉は緊張した。

「村井清之介の組屋敷か……」

久蔵は、村井屋敷を眺めた。

「はい……」

「村井と弓恵は……」

「屋敷に……」

「そうか……」

久蔵は、村井屋敷から微かに漂っている伽羅香の匂いに気が付いた。

「伽羅の香りか……」

久蔵は、微かに漂う香を利いた。

「はい。そう聞いています」

清吉は頷いた。

「村井屋敷からいつも漂っているのか……」

「いいえ。時々、御新造の弓恵さまがいる時に……」

新八は告げた。

「弓恵がいる時……」

久蔵は眉をひそめた。

「はい……」

新八は頷いた。

「そうか……」

久蔵は、厳しい面持ちで連なる組屋敷を窺った。

連なる組屋敷からは、幼子たちの楽しげな歌声が長閑に響いていた。

「よし。新八、清吉、弓恵は云うに及ばず村井清之介からも眼を離すな」

久蔵は命じた。

「村井清之介もですか……」

新八は眉をひそめた。

「ああ……」

久蔵は、村井屋敷を見据えて頷いた。

下谷、浅草、本所……。

雲海坊、由松、勇次は、下谷、浅草、本所に散り、土地の博奕打ちや地廻りたちに背の高い痩せた若い佐吉と云う男を知らないか尋ね歩いた。しかし、佐吉は中々見付からなかった。

雲海坊、由松、勇次は、粘り強く佐吉を捜し歩いた。

夕陽は西の空に沈み、下谷練塀小路は薄暮に覆われた。

村井屋敷の木戸門が開き、人影が出て来た。

村井清之介……。

新八と清吉は、人影が村井屋敷の主の清之介だと見定めた。

村井清之介は背伸びをし、練塀小路を北に歩き始めた。

忍川沿いにある飲み屋に行くのか……。

新八は睨んだ。

「俺が追うぜ……」

清吉は、新八に告げた。

「うん……」

新八は頷いた。

清吉は、暗がりを出て村井清之介を尾行ようとした。

「待て……」

新八は、村上屋敷の木戸門が開いたのに気が付いて清吉を止めた。

木戸門から弓恵が現れ、慎重に村井清之介を追った。

伽羅の香りが微かに漂った。

「亭主の後を尾行る気か……」

清吉は戸惑った。

「ああ。そうらしいな。行くぜ」

新八は、清吉を促して村井清之介を尾行る弓恵に続いた。

村井清之介は、練塀小路を北に進んで忍川に出た。そして、忍川沿いを下谷広小路のある西に向かった。

忍川沿いにある飲み屋は、下谷広小路の手前にある。

村井清之介は飲み屋に行く……。

新八は読んだ。


飲み屋は明かりを灯し、古い暖簾を夜風に揺らしていた。

村井清之介は、揺れる古い暖簾を潜って飲み屋に入った。

弓恵は見届け、辺りを窺った。そして、飲み屋を見通せる暗がりに身を潜めた。

新八と清吉は、物陰から見定めた。

「弓恵さま、何をする気なのかな……」

清吉は首を捻った。

「誰かが来るのを待っているのかもしれない」

新八は読んだ。

「誰かって、佐吉か……」

「うん。とにかく俺は笹舟に走って、秋山さまと親分に報せるぜ」

新八は告げた。

「うん……」

清吉は頷いた。

新八は、久蔵と親分の幸吉が待つ船宿『笹舟』のある柳橋に走った。

清吉は、村井清之介の入った飲み屋と暗がりに潜んだ弓恵を見張った。


柳橋の船宿『笹舟』には、船遊びの客が賑やかに出入りしていた。

「そうか。谷中を始め、下谷、浅草、本所の賭場で、佐吉らしい背の高い瘦せた若い男は未だ見付からないか……」

久蔵と幸吉は、雲海坊、由松、勇次の報せを受けた。

「はい……」

雲海坊、由松、勇次は頷いた。

「御苦労だったな。ま、腹拵えをするんだな」

久蔵は労い、雲海坊、由松、勇次に酌をした。

「こいつは畏れ入ります」

雲海坊、由松、勇次は酒を飲んだ。

「親分、秋山さま……」

新八が駆け込んで来た。

「動いたか、新八……」

幸吉は、新八を見据えた。

「はい。村井清之介さまが行きつけの飲み屋に。それで、何故か弓恵さまが後を……」

「尾行たか……」

久蔵は眉をひそめた。

「はい……」

新八は頷いた。

「柳橋の、みんな。佐吉が現れるかもしれないぜ……」

久蔵は、不敵な笑みを浮かべた。


飲み屋には客が出入りした。

清吉は、村井清之介の入った飲み屋と暗がりに潜む弓恵を見張った。

飲み屋に出入りする客の中に、背の高い痩せた佐吉らしい男はいなかった。

清吉は見張った。

刻が過ぎた。

新八が、久蔵と幸吉を誘《いざな》って来た。

「秋山さま、親分……」

清吉は迎えた。

「あの飲み屋か……」

久蔵は、飲み屋を見据えた。

その時、飲み屋の戸が開き、村井清之介が出て来た。

追って背の高い瘦せた若い男が飲み屋から現れ、村井清之介に匕首で突き掛かった。

佐吉……。

村井は、咄嗟に躱して抜き打ちの一刀を放った。

佐吉は、背中を袈裟懸けに斬られ、血を飛ばして倒れた。

久蔵は飛び出した。

幸吉、清吉、新八が続いた。

勇次、雲海坊、由松が様々な暗がりから現れた。

村井は、駆け寄った久蔵に向かって刀を構えた。

「清吉……」

「南町奉行所の秋山久蔵だ……」

久蔵は一喝した。

「秋山久蔵……」

村井は眉をひそめ、刀を引いた。

幸吉、新八、清吉は、血を流して倒れている佐吉に駆け寄った。

佐吉は、意識を失っていた。

「勇次、医者に運べ……」

幸吉は命じた。

「はい。新八、清吉……」

勇次は、新八や清吉と意識を失っている佐吉を運んだ。

佐吉は、村井清之介が来る前から飲み屋に入っていたのだ。

「村井清之介だな……」

久蔵は、村井を厳しく見据えた。

「ああ。不意に突き掛って来た下郎を斬り棄てた迄だ……」

村井は、冷ややかな笑みを浮かべた。

「うむ……」

事実は事実だ……。

久蔵は頷くしかなかった。

「ならば……」

村井は、久蔵を狡猾に一瞥して立ち去ろうとした。

久蔵、幸吉、雲海坊、由松は、見送るしかなかった。

「旦那さま……」

色白の年増が村井の前に現れた。

弓恵……。

久蔵、幸吉、雲海坊、由松は気付いた。

「何だ。弓恵、迎えに……」

刹那、伽羅の微かな香りが過ぎった。

村井は、言葉を飲んで眼を瞠った。

弓恵は、懐剣を村井の腹に突き刺していた。

「しまった……」

久蔵、幸吉、雲海坊、由松は、村井と弓恵の許に駆け寄った。

弓恵は、村井から離れた。

「ゆ、弓恵……」

村井は、腹に懐剣を突き刺されたまま呆然とした面持ちで膝から落ち、前のめりに倒れ込んだ。

久蔵と由松は、村井の様子を窺った。

幸吉と雲海坊は、弓恵を押さえた。

「秋山さま……」

幸吉は眉をひそめた。

久蔵は、首を横に振って村井清之介の死を伝えた。

弓恵は笑った。

さも面白そうに涙を零《こぼ》し、甲高い笑い声を夜の闇に響かせて……。

久蔵、幸吉、雲海坊、由松は、笑う弓恵を見守った。

伽羅の香りは夜の闇に漂った。

袈裟懸けに斬られた佐吉は、医者の治療の甲斐もなく絶命した。

久蔵は、村井弓恵を南町奉行所の詮議場に引き据え、佐吉の死を伝えた。

「そうですか……」

弓恵の涙は既に乾いていた。

「ああ。お前さん、佐吉に身投げを止められたそうだな」

「はい。そして、私は問われるままに身投げをしようとした理由を話しました」

「夫の村井清之介を役目に就ける為、上役の坂上兵庫に伽を望まれ、夫にも命じられたとか……」

久蔵は読んだ。

「はい。佐吉さんは話を聞いて、私を哀れんでくれて……」

弓恵は微笑んだ。

「そして、己の営む呉服屋が潰れた事を話し、不運を嘆いたか……」

「はい。佐吉さんも大川に身を投げようと思っていたと……」

佐吉は、身投げを覚悟で川口橋に行き、身を投げようとした弓恵に出逢ったのだ。

久蔵は知った。

「運の悪い者同士。どうせ死ぬなら、せめて恨みを晴らしてからと決めたか……」

久蔵は読んだ。

「はい……」

「佐吉、お前さんにとっては……」

「優しく穏やかで、真面目な方でした……」

弓恵は、懐かしげに眼を細めた。

「思い詰めたら怖い奴だな……」

久蔵は苦笑した。

「はい……」

弓恵は頷いた。

「で、佐吉の邪魔をした呉服屋越乃屋仁左衛門をお前さんが殺し、小普請組支配組頭の坂上兵庫を佐吉が殺したんだな」

「ええ。そして、佐吉さんは私の夫の村井清之介も殺すと……」

「村井清之介を……」

「ですが、村井は私が我が手で殺《や》ると決めていました」

弓恵は、笑みを浮かべた。

凄絶な笑みだった。

「お前さんが我が手で……」

「ええ。ですが、佐吉さんは……」

「村井清之介を襲った……」

「私の為に……」

弓恵は瞑目《めいもく》した。

「そして、お前さんと佐吉は恨みを晴らしたか……」

「左様にございます」

弓恵は頷いた。

「そうか。村井弓恵、他に何か云いたい事はないかな……」

おそらく、村井弓恵は主殺《しゅうごろ》しで死罪は免れない。

久蔵は、弓恵の気持ちを出来るだけ汲んだ口書を作り、評定所に送ろうと思っていた。

「ございません」

弓恵は、久蔵を見詰めて微笑んだ。

潔い微笑みだった……。

「うむ。良く分った」

久蔵は、弓恵を仮牢に戻すように命じた。

村井弓恵は、役人に伴われて立ち去った。
久蔵は見送った。
伽羅の香りが微かに残った。

第四話

小塚原

一

しゃぼん玉は七色に輝いた。

神田明神の参道には様々な露店が並び、行き交う参拝客の頭上をしゃぼん玉が風に吹かれて飛んだ。

由松は、並ぶ露店の端に連なり、しゃぼん玉を売っていた。

境内から女の悲鳴があがった。

由松は眉をひそめた。

境内の隅の茶店の前には、大勢の弥次馬が集まっていた。

由松は、弥次馬の取り囲む中を覗いた。

弥次馬の中では、十人程の若侍たちが殴り合い、取っ組み合っていた。

怒号と悲鳴と土埃が巻き上がっていた。

取っ組み合った若侍たちが、茶店に雪崩《なだ》れ込んで縁台を壊し、甲高い音を鳴らして湯呑茶碗や皿を割った。

茶店の老亭主や客は、悲鳴をあげて逃げ惑った。

若侍たちの喧嘩は続いた。

「止めろ……」

「何をしている……」

居合わせた寺社奉行の寺社役同心たちが、社務所から駆け寄って来た。

「逃げろ……」

「退け、退け……」

若侍たちは退き、素早く四方に走り去った。

弥次馬は見送り、口々に罵って嘲笑った。

由松は苦笑した。

柳橋の蕎麦屋『藪十《やぶじゅう》』は、清吉が軒行燈を消して暖簾を仕舞った。

「で、そいつら何者だったんだい……」

雲海坊は、手酌で酒を飲んだ。

「茶店の父っつぁんに訊いた限りじゃあ、若い旗本たちと尾張藩の家来だとか……」

由松は酒を啜った。

「若い旗本たちと尾張藩の家来……」

勇次は眉をひそめた。

「そいつは面倒になるかもな……」

蕎麦屋『藪十』の亭主の長八《ちょうはち》は、湯気の纏《まと》わり付く徳利を持って来た。

「長八さん……」

「旗本と大名の喧嘩となると、旗本が御公儀の役人になって嫌がらせをするのを恐れた大名が退くものだが、大名家が御三家の尾張藩ともなると大人しく退きはしねえだろうな」

長八は読んだ。

「じゃあ……」

「ああ、何がどうしてか知らねえが、小競り合いが続くかもしれねえな」

長八は睨んだ。

「そいつは迷惑な話ですね」

清吉は眉をひそめた。

「ああ。由松、その事、親分に報せたのか」

雲海坊は訊いた。

「いいえ、未だ。勇次、明日一番に親分に報せてくれ」

由松は、勇次に頼んだ。

「はい……」

勇次は頷いた。

雲海坊、由松、勇次は、長八と清吉の作った天麩羅や板山葵《いたわさ》などで酒を楽しんだ。


月番の南町奉行所は表門を八文字に開き、多くの人が出入りしていた。

「若い旗本共と尾張藩の家来……」

南町奉行所吟味方与力の秋山久蔵は眉をひそめた。

「はい。昨日、神田明神の境内で乱闘騒ぎを起こしたそうです」

和馬は報せた。

「何故の乱闘だ……」

「そいつは良く分りませんが、此のまま小競り合いが続くと、いつかは巻き込まれる町方の者が出るかもしれません」

幸吉は、厳しい面持ちで読んだ。

「うむ。和馬、皆に見廻りを厳しくするように命じろ。万が一、町方の者に何らかの被害が出たら、遠慮は無用だ。やった野郎をお縄にして大番屋に叩き込め」

久蔵は命じた。

「心得ました」

和馬は頷いた。

「柳橋の、揉めている尾張藩の家来共と若い旗本共、どう云う連中か突き止めろ」

「承知しました」

幸吉は頷いた。

「俺は目付と大目付に報せておく」

久蔵は告げた。

由松は、神田明神の参道でしゃぼん玉を売り続けた。

雲海坊は、湯島天神の鳥居前で托鉢をした。

新八は由松の、清吉は雲海坊の、それぞれの助っ人を勤め、尾張藩の家来と揉めている若い旗本たちの現れるのを待っていた。

幸吉と勇次は、尾張藩の中間小者に探りを入れた。

御三家の尾張藩は六十一万九千五百石の大大名であり、市谷御門外に江戸上屋敷、四ッ谷御門外に江戸中屋敷、大久保や木挽町などに江戸下屋敷があった。

幸吉と勇次は、市谷御門外の江戸上屋敷の中間に小粒を握らせた。

「で、訊きたい事ってのは、何ですかい……」

中間は、小粒を握り締めた。

「うん。近頃、尾張藩の家中に若い旗本たちと揉めている者たちがいると聞いたが、知っているかな……」

幸吉は、笑顔で尋ねた。

「さあて。上屋敷の御家来衆にそんな人たちがいるとは、聞いちゃあいないな……」

中間は首を捻った。

「そうか……」

幸吉と勇次は肩を落とした。

「ひょっとしたら、その家中の者、下屋敷の御家来衆かもしれないな」

「下屋敷……」

「ええ。尾張藩の江戸下屋敷、木挽町は築地にありましてね。お殿さまの甥っ子ってのが暮らしておりましてね」

「お殿さまの甥っ子……」

「ええ。そいつがいろいろと噂のある人でしてね……」

中間は苦笑した。

「どんな噂ですかい……」

「酒癖が悪い、女癖が悪い、意地が悪い……」

「そいつは凄いな……」

幸吉は呆れた。

「親分……」

勇次は苦笑した。

「うん。で、その甥っ子さま、名前は……」

「京一郎《きょういちろう》さまですよ……」

「京一郎……」

幸吉は眉をひそめた。

「ええ。取り巻きの家来を従えて勝手気儘に暮らしているとか。若い旗本たちと揉めているのは、築地の下屋敷の京一郎さまと取り巻きの御家来衆かもしれませんぜ」

中間は、小粒を固く握り締めて告げた。

「親分、木挽町は築地の下屋敷に行ってみますか……」

「ああ……」

幸吉は頷いた。

湯島天神には多くの参拝客が訪れていた。

雲海坊は、鳥居前に並ぶ露店の端で経を読んで托鉢をしていた。

二人の若い侍が、鳥居を潜って境内に入って行った。

「清吉……」

雲海坊は、背後にいた清吉に目配せをした。

「はい……」

清吉は、二人の若い侍を追った。


湯島天神の境内は賑わっていた。

二人の若い侍は、境内の隅の茶店に入って縁台に腰掛け、茶を頼んだ。

清吉は、石灯籠の陰から見守った。

二人の若い侍は、人待ち顔で運ばれた茶を飲み始めた。

若い侍が現れ、茶店で茶を飲む二人の若い侍に近付いた。

三人の若侍は合流し、言葉を交わして賑やかに笑った。

よし……。

清吉は、茶店に向かった。

「婆さん、茶をくれ……」

清吉は、茶店の婆さんに茶を注文して三人の若侍の背後に腰掛け、聞耳を立てた。

「して、尾張の田舎者共、未だ江戸の旗本に楯突く気かな」

「ああ。山猿の癖に花のお江戸で粋がりやがって……」

「本多さまも此以上、大きな顔をさせるなとの仰せだ」

三人の若い侍は話を弾ませた。

清吉は聞いた。

三人の若い侍は、睨み通り尾張藩の者と敵対している旗本たちに間違いなかった。

清吉は、茶を飲んで三人の若い侍たちより先に茶店を出た。

茶店の前の木陰に雲海坊がいた。

清吉は、何気ない素振りで近付いた。

「どうだ……」

「睨み通りです」

清吉は笑った。

「やっぱりな。で、何処の旗本連中か分ったのか……」

「そいつは未だ。ですが、頭分は本多って若い旗本らしいですよ」

「本多か……」

雲海坊は眉をひそめた。

〝本多〟と云う名は三河以来の家柄であり、大名家や直参旗本家に多かった。

「ええ……」

「よし。三人から眼を離すな」

「はい……」

清吉は、喉を鳴らして頷いた。


神田明神は賑わった。

由松は、参道を行き交う侍に喧嘩をした若い旗本たちと尾張藩の者を捜した。

「どうですか……」

新八は、しゃぼん玉を吹きながら尋ねた。

「今の処、いねえな……」

由松は眉をひそめた。

「そうですか……」

由松と新八は、参道を行き交う侍たちを窺い続けた。

江戸湊は煌めいていた。

幸吉と勇次は、京橋を南に渡って三十間堀に進んだ。そして、三十間堀に架かる紀伊国橋を渡って木挽町一丁目に入った。

木挽町一丁目から南の七丁目に進み、豊前国中津藩《ぶぜんのくになかつはん》江戸上屋敷の前を東に抜け、堀割に架かる橋を渡る。

そこに尾張藩江戸下屋敷はあった。

「此処ですね……」

勇次は、尾張藩江戸下屋敷を眺めた。

「ああ……」

幸吉と勇次は、辺りを見廻した。

尾張藩江戸下屋敷は、西と南、東の三方に堀割と江戸湊、北には伊勢国桑名藩《いせのくにくわなはん》江戸下屋敷などの大名屋敷があった。

「此処で殿さまの甥っ子の京一郎が暮らしているか……」

「ええ。親分……」

勇次は、尾張藩江戸下屋敷を示した。

表門脇の潜り戸が開いた。

幸吉と勇次は、物陰に素早く隠れた。

二人の家来が現れ、辺りを見廻して潜り戸の内に声を掛けた。

頭巾を被った武士が出て来た。

「親分……」

「うん……」

幸吉は眉をひそめた。

頭巾を被った武士は、二人の家来を従えて堀割に架かっている橋を渡り、木挽町に向かった。

「京一郎かもな……」

幸吉は睨んだ。

「ええ……」

勇次は頷いた。

「よし。追ってみるぜ」

幸吉と勇次は、頭巾を被った武士と二人の家来たちを追った。

「新八……」

由松は、神田明神の前を行く二人の侍を示した。

「はい……」

新八は、二人の侍を見送った。

「昨日、喧嘩をしていた奴らだ」

「旗本か尾張藩、どっちですか……」

「そいつは、はっきりしねえ……」

「分りました。追います」

新八は、二人の侍を尾行た。

「ああ、直ぐ行く……」

由松は、しゃぼん玉売りの道具を片付け始めた。

二人の侍は、湯島天神に向かって進んだ。

新八は追った。

奴らは旗本か、尾張藩の奴か……。

湯島天神に何しに行くのだ……。

新八は、二人の侍を尾行た。

湯島天神の境内に入った二人の侍は、石灯籠の陰から慎重に辺りを窺った。

何をする気だ……。

新八は、物陰から見守った。

二人の侍は、境内の茶店にいる三人の若侍に気が付き、厳しい面持ちで何事かを囁き合った。

新八は見守った。

「尾張藩の奴らか……」

雲海坊が、新八の背後に現れて二人の侍を示した。

「雲海坊さん……」

「茶店に若い旗本の奴らが三人いる……」

雲海坊は教えた。

新八は、茶店にいる三人の若侍が旗本だと知った。

その三人の旗本の様子を窺っているなら尾張藩の奴らに決まっている。

「でしたら、きっと尾張藩の奴らです」

新八は読んだ。

「うん……」

雲海坊は頷いた。

「雲海坊の兄貴……」

由松がやって来た。

「おう。旗本と尾張藩の奴らだ……」

雲海坊は、薄笑いを浮かべて尾張藩の二人の侍と茶店にいる旗本の三人の若侍たちを示した。

「それはそれは……」

由松は、嘲りを浮かべた。

「さあて、どうなる事やら……」

雲海坊、由松、新八は、旗本の三人の若侍と尾張藩の二人の侍を見守った。

茶店にいた三人の旗本の若い侍は、境内の石灯籠の陰にいる尾張藩の二人の侍に気が付いた。

尾張藩の二人の侍は、慌ててその場から立ち去ろうとした。

「逃げるのか、尾張の田舎侍……」

三人の旗本の若い侍は、罵声《ばせい》を浴びせて嘲笑した。

「何……」

尾張藩の二人の侍は立ち止まり、三人の旗本を睨み付けた。

三人の旗本は、二人の尾張藩の家来に駆け寄った。

尾張藩の家来たちは身構えた。

三人の若い旗本は、尾張藩の家来を囲んだ。

「やるか、尾張の田舎侍……」

若い旗本たちは、尾張藩の家来を挑発した。

「黙れ、公儀の無駄飯食い。屑が……」

尾張藩の家来たちは、旗本を罵った。

「何だと……」

旗本の一人が、尾張藩の家来を殴り付けた。

殴られた尾張藩の家来が倒れ、近くにいた参拝客たちが悲鳴を上げた。

「おのれ……」

尾張藩の家来たちは、猛然と三人の旗本に襲い掛かった。

乱闘が始まり、怒号と血が飛び交って土埃が舞った。

「どうします、雲海坊さん……」

茶店の陰にいた清吉が駆け寄って来た。

「止めますか……」

新八は緊張した。

「もう少し、やらせてからだ……」

由松は、冷たく云い放った。

「ああ。町方の者が巻き込まれたり、段平《だんびら》を抜いたら、遠慮無く目潰しを喰らわせろ」

雲海坊は笑った。

「はい……」

新八と清吉は、懐の目潰しを握り締めて旗本と尾張藩の家来の乱闘を見守った。

旗本の一人が刀を抜き放った。

尾張藩の家来は、釣られて刀を抜いた。

女が悲鳴を上げ、弥次馬が騒《ざわ》めきながら後退りした。

旗本と尾張藩の家来たちは、刀を構えて睨み合った。

「由松、此迄だな」

「ええ。あっしと新八は尾張藩の家来を追います」

「うん。俺と清吉は旗本な……」

雲海坊は頷き、呼び子笛を甲高く吹き鳴らした。

旗本と尾張藩の家来たちは怯んだ。

由松、新八、清吉が一斉に目潰しを投げた。

目潰しは、旗本と尾張藩の家来たちに当たって粉を舞い上げた。

由松、新八、清吉は、目潰しを次々に投げ付けた。

目潰しの粉が舞い上がった。

旗本と尾張藩の家来たちは、目潰しの粉に塗《まみ》れて狼狽えた。

取り巻いていた参拝客たちは、狼狽える旗本と尾張藩の家来に石を投げ付けた。

旗本と尾張藩の家来たちは、慌てて逃げ始めた。

町方の者が巻き込まれずに済んだ……。

雲海坊、由松、新八、清吉は、安堵の笑みを浮かべた。

「それじゃあ、雲海坊の兄貴。新八……」

由松は雲海坊に声を掛け、新八と逃げる尾張藩の家来たちを追った。

「ああ。清吉……」

雲海坊は、清吉を促して旗本たちを追った。

参拝客たちは、逃げる旗本と尾張藩の家来たちを嘲笑した。

二

湯島天神女坂を駆け下りた三人の旗本たちは、切通《きりどお》しに走った。

雲海坊と清吉は、女坂を慎重に追った。

切通しに出た旗本たちは、傍らにある寺の境内に駆け込んだ。

雲海坊と清吉は、寺の山門の陰から境内を窺った。

三人の旗本は、井戸端で顔を洗い、着物に付いた目潰しの粉を払い落としていた。

「くそっ、下郎共が……」

「次に邪魔をしたら、尾張の田舎侍と一緒に叩き斬ってやる」

旗本たちは息巻いた。

「冗談じゃあねえ……」

清吉は吐き棄てた。

「ああ。その前に叩きのめしてお縄にしてやるさ」

雲海坊は苦笑した。

三人の旗本は、顔を洗い、身形を整えて切通しに戻った。そして、本郷の通りに向かって進み始めた。

雲海坊と清吉が山門の陰から現れ、三人の旗本を慎重に尾行た。

「何処に行くんですかね」

清吉は眉をひそめた。

「ひょっとしたら、本多って野郎の処かもしれないな」

雲海坊は読んだ。

「旗本の頭分ですか……」

「ああ……」

雲海坊と清吉は追った。

三人の旗本は、本郷の通りを足早に進んだ。

湯島天神から逃げた尾張藩の二人の家来は、途中で顔や手足を洗い、着物に付いた目潰しの粉を払って神田明神に向かった。

由松と新八は尾行た。


尾張藩の二人の家来は、神田明神門前町の料理屋『紫』の木戸門を潜った。

由松と新八は見届けた。

「料理屋紫ですか……」

新八は、微風に揺れている料理屋の紫色の暖簾を眺めた。

「ああ。客を選ぶ洒落た料理屋だぜ」

由松は苦笑した。

「客を選ぶ……」

新八は、戸惑いを浮かべた。

「ああ。大店の旦那や御武家のお偉いさんぐらいしか客にしねえ」

「へえ。凄い料理屋ですね」

新八は感心した。

「ああ。浅葱裏《あさぎうら》には似合わない料理屋だ。きっと誰かと落ち合うつもりだぜ」

由松は睨んだ。

「由松の兄貴……」

新八は、由松に一方を示した。

頭巾を被った武士が、二人の供侍を従えてやって来た。

由松と新八は、素早く物陰に隠れた。

頭巾を被った武士と二人の供侍は、料理屋『紫』の紫色の暖簾を潜った。

由松と新八は見送った。

「由松、新八……」

幸吉と勇次が追って来た。

「こいつは親分……」

由松と新八は迎えた。

「頭巾の侍と供侍、此処に入ったのか……」

幸吉は、紫色の暖簾を揺らしている料理屋『紫』を示した。

「ええ。誰ですか……」

新八は尋ねた。

「おそらく、尾張藩の殿さまの甥っ子、京一郎だぜ」

勇次は、料理屋『紫』を窺った。

「やっぱりな……」

由松は苦笑した。

「由松……」

幸吉は眉をひそめた。

「はい。湯島天神で若い旗本と尾張藩の家来が喧嘩になりましてね。斬り合いになり掛けたので雲海坊の兄貴と目潰しを喰らわしてやりましたよ。そうしたら、逃げた尾張藩の家来が此の料理屋に来たんですぜ」

由松は告げた。

「そうか。じゃあ、頭巾の侍は京一郎に間違いないな」

幸吉は睨んだ。

「で、由松の兄貴、旗本は……」

勇次は尋ねた。

「うん。雲海坊さんと清吉が追っているぜ」

由松は告げた。

本郷通りから北ノ天神真光寺門前町を西に進むと、御弓町の旗本屋敷街に出る。

三人の旗本は、御弓町を進んで或る旗本屋敷に入った。

雲海坊と清吉は見届けた。

「此処が頭分の本多の屋敷ですかね」

「きっとな……」

雲海坊は頷き、斜向いの屋敷の表門前の掃除をしている老下男に近寄った。

「少々お尋ね致しますが……」

雲海坊は、老下男に手を合わせた。

「は、はい。何でございましょう」

老下男は、掃除の手を止めた。

「あそこは本多主膳さまの御屋敷ですね」

「いいえ。本多さまは本多さまでも、采女正《うねめのしょう》さまの御屋敷にございますよ」

老下男は告げた。

「本多采女正さま……」

雲海坊は、戸惑いを浮かべて見せた。

「はい。左様にございます」

「本多采女正さまの御屋敷には、御子息が御出になりますか……」

「はい。源之丞さまと仰る方がおいでになりますが……」

「本多源之丞さま……」

「はい。文武に優れ、若い旗本御家人に慕われていると聞いておりますが……」

「ほう。それはそれは……」

雲海坊は、感心して見せた。

「お坊さま、源之丞さまが何か……」

老下男は眉をひそめた。

「いえ。拙僧の寺の檀家の御旗本の娘御に縁談がありましてね。その相手が御弓町に住む御旗本の本多主膳さまの御子息で、どのような方か秘かに調べてくれと頼まれましてね」

嘘も方便だ……。

雲海坊は、秘密めかして告げた。

「それは御苦労さまにございます。ですが、あそこは本多采女正さまの御屋敷にございますよ」

老下男は、気の毒そうに告げた。

「はい。どうやら人違いのようでした。御造作をお掛け致しました」

雲海坊は、老下男に手を合わせて短く経を読み、清吉の許に戻った。

「どうでした……」

清吉は、小声で尋ねた。

「うん。屋敷の主は本多釆女正。倅の源之丞は文武に優れ、若い旗本御家人に慕われているそうだ……」

雲海坊は苦笑した。

「本多源之丞ですか……」

「ああ。おそらく尾張藩の者と揉めている若い旗本の頭分の野郎だ。俺が見張る。清吉は本多源之丞の事を親分に報せて来な」

雲海坊は、本多屋敷を見据えながら清吉に命じた。

「合点です。じゃあ、御免なすって……」

清吉は、本郷通りに向かって猛然と駆け出した。

雲海坊は見送り、見張り場所を探した。

「尾張藩の殿さまの甥っ子か……」

久蔵は苦笑した。

「はい。築地の下屋敷で暮らしている京一郎さまって御方です」

幸吉は告げた。

「京一郎か。して、旗本の頭分は何処の何て野郎だ」

「本郷は御弓町の本多采女正さまの倅の源之丞さまだと……」

「尾張藩の藩主一族の京一郎と旗本本多采女正の倅の源之丞か……」

久蔵は眉をひそめた。

「はい……」

幸吉は頷いた。

「で、柳橋の。京一郎と本多源之丞には、見張りを付けているのだな」

和馬は尋ねた。

「はい……」

幸吉は頷いた。

「よし。和馬、柳橋の。奴らが騒ぎを起こして町方の者に被害が出たら容赦はしない、と厳しく釘を刺すのだな」

久蔵は命じた。

「心得ました」

和馬と幸吉は頷いた。

「俺は大目付と目付に話を通して置く……」

久蔵は、厳しい面持ちで告げた。


本郷御弓町の本多屋敷の表門脇の潜り戸が開いた。

目潰しを喰らった三人の旗本が現れ、辺りを窺った。

「雲海坊さん……」

幸吉に報せて戻っていた清吉は、路地の入口から雲海坊を呼んだ。

「おう……」

雲海坊が路地の奥から出て来た。

「奴らが動きます」

「うん……」

雲海坊と清吉は、路地から斜向いの本多屋敷を見詰めた。

本多屋敷から背の高い若い侍が出て来た。

背の高い若い侍は、三人の旗本と本郷通りに向かった。

「雲海坊さん」

「うん。あの背の高い野郎が旗本の頭分の本多源之丞だな」

雲海坊は読んだ。

「きっと……」

清吉は頷いた。

「よし。追うよ」

「はい……」

雲海坊と清吉は、本多源之丞たちを追った。

神田川の流れに夕陽が映えた。

由松、勇次、新八は、神田明神門前町の料理屋『紫』を見張り続けていた。

尾張藩の京一郎と四人の家来たちは、料理屋『紫』に入ったままだった。

「どうだ……」

和馬と幸吉がやって来た。

「料理屋紫に入ったままです」

勇次は、紫色の暖簾を微風に揺らしている料理屋を一瞥した。

「京一郎たち、だらだらと酒を飲んでいるそうですぜ……」

由松は、仲居に金を握らせて京一郎たちの様子を探っていた。

「そうか……」

幸吉は頷いた。

「さあて、奴ら、此から何をするのか……」

和馬は眉をひそめた。

「親分……」

清吉が、駆け寄って来た。

「おう。本多源之丞が動いたか……」

「はい。三人の旗本とこっちに来ます。雲海坊さんが追って来ます」

清吉は報せた。

「そうか。和馬の旦那……」

「ああ。焦臭いな……」

和馬は、厳しさを滲ませた。

「親分、和馬の旦那……」

新八が一方を示した。

背の高い若い侍が、三人の旗本とやって来た。

和馬、幸吉、由松、勇次、新八、清吉は物陰に素早く隠れた。

「背の高いのが本多源之丞です……」

清吉が囁いた。

和馬、幸吉、由松、勇次、新八は、やって来る本多源之丞たちを見守った。

本多源之丞は、三人の旗本を従えて料理屋『紫』の暖簾を潜った。

和馬、幸吉、由松、勇次、新八、清吉は戸惑い、緊張した。

「親分、和馬の旦那……」

雲海坊が駆け寄って来た。

「雲海坊……」

「本多源之丞たち、此処ですか……」

「ああ。雲海坊は料理屋『紫』を見た。

先客に尾張藩の奴らがいる」

「えっ……」

雲海坊は緊張した。

刹那、料理屋から女の悲鳴が上がり、本多源之丞と三人の旗本が押し出されて来た。

尾張藩の四人の家来と京一郎が追って現れた。

「本多源之丞、紫は我らが借り切った。さっさと帰るのだな」

京一郎は、本多源之丞たち旗本を嘲笑した。

「おのれ……」

本多源之丞は、怒りと悔しさを露わにした。

三人の旗本は、刀の鯉口《こいぐち》を切った。

「やるか……」

尾張藩の四人の家来は、京一郎を庇うように進み出て刀の柄《つか》を握って身構えた。

傍らにいた料理屋『紫』の仲居や下足番は、悲鳴を上げて逃げ惑った。

「止めろ。つまらん事で揉めるんじゃねえ」

和馬は怒鳴り、進み出た。

「何だ。不浄役人が、邪魔をするな」

本多源之丞が怒鳴った。

「本多源之丞、何だったら、その南町奉行所の不浄役人が相手をするぜ……」

和馬は、十手を構えた。

幸吉、雲海坊、由松、勇次、新八、清吉がそれぞれの得物を手にして囲んだ。

「何だと……」

本多源之丞は眉をひそめた。

「陽のある内に町方の地で刀を抜こうってのは、無頼の浪人の所業。無頼の浪人なら俺たち町奉行所の支配の内だ。神妙にしな」

「黙れ。我らは直参《じきさん》旗本……」

「ならば、お目付に問い合わせる。それまで大番屋の仮牢で大人しく待って貰う」

和馬は嘲笑した。

「おのれ……」

本多源之丞は熱《いき》り立った。

「俺たちも命懸けだ。江戸の町方の者に僅かでも被害が出れば、容赦はしねえぜ」

和馬は、本多源之丞を厳しく見据えた。

「何でしたら、江戸の岡っ引総出で本多家の粗を探し、八百八町の者たちに面白可笑しく広めても良いんですぜ」

幸吉は脅した。

旗本本多家にもいろいろ事情はある。岡っ引に嗅ぎ廻られ、粗探しをされれば、一溜りもなく公儀や天下に恥を晒す事になる。

本多源之丞は、怒りに喉を引き攣らせた。

「南町奉行所の者の云う通りだ。尻尾を巻いてさっさと帰るが良い」

京一郎は、本多源之丞たちを嘲り、侮《あなど》った。

「さっさと帰るのは、お前さんたちの方だぜ」

和馬は、京一郎に笑い掛けた。

「何……」

京一郎は眉をひそめた。

尾張藩の四人の家来は身構えた。

「此処は尾張じゃあない。此以上、江戸の町で好き勝手な真似をすると、如何に御三家の一族でも遠慮はしないぜ」

和馬は云い放った。

「な、なに……」

京一郎は、思わず怯んだ。

「江戸には、尾張六十一万石と刺し違えるのも面白いって剽軽《ひょうきん》な野郎が何人もいてね」

和馬は告げた
「お、おのれ。無礼な……」

京一郎は、甲高い声を震わせた。

「そろそろ尾張に帰らなければ、その首が飛ぶかもしれないな」

和馬は嘲笑した。

「首が飛ぶ……」

京一郎は呆然とした。

夕陽は沈み始めた。

「よし。家に累《るい》を及ぼしたくなければ、此の辺で御開にしようぜ」

和馬は、笑い掛けた。

本多源之丞は、和馬を睨んで足早に立ち去った。

三人の旗本が続いた。

和馬は見送り、京一郎に向き直った。

「尾張者は諦めも往生際も悪いのかな……」

和馬は、厳しい面持ちで見据えた。

「帰るぞ……」

京一郎は、甲高い声を引き攣らせた。

雲海坊と由松が身を開いた。

京一郎は、四人の尾張藩の家来を従え、雲海坊と由松の間を足早に通り抜けた。

南無阿弥陀仏……。

雲海坊は手を合わせ、経を唱えて見送った。

和馬、幸吉、由松、勇次、新八、清吉は見送り、安堵の溜息を吐いた。

三

燭台の火は揺れた。

「そうか。旗本の本多源之丞共と尾張の京一郎共が揉めそうになったのを止めたか……」

久蔵は酒を飲んだ。

「はい。尾張の京一郎が旗本本多源之丞馴染の料理屋を借り切った。そんな、つまらぬ事が揉める元ですよ」

和馬は呆れた。

「して、釘を刺したか……」

久蔵は訊いた。

「はい。ですが、此で互いに手を引くとは思えません」

和馬は眉をひそめた。

「うむ。町方の者が巻き込まれなければ良いのだが……」

久蔵は、手酌で猪口に酒を満たした。

「はい。築地の尾張藩江戸下屋敷の京一郎と本郷御弓町の本多源之丞には、柳橋のみんなが手分けして見張りに付いていますが、何分にも配下や家来の末端の者共迄は、眼が行き届きませんので、何処で何があるか……」

和馬は、腹立たしげに酒を飲んだ。

「うむ。云って聞かぬなら、思い知らせるしかあるまい……」

久蔵は、厳しい面持ちで猪口の酒を飲み干した。

燭台は油が切れて来たのか、音を鳴らして炎を瞬かせた。

木挽町築地の尾張藩江戸下屋敷には由松と新八、本郷御弓町の旗本本多屋敷には雲海坊と清吉が、それぞれ見張りに付いていた。

尾張藩江戸下屋敷にいる京一郎と、本多屋敷の源之丞に動きはなかった。

和馬、幸吉、勇次は、神田明神から湯島天神の見廻りを続けた。

神田川の流れは煌めいた。

昌平橋は神田川に架かり、神田八ツ小路と明神下の通りを結んでいた。

乱闘は不意に起きた。

二人の旗本と二人の尾張藩の家来は、昌平橋の北詰で出遭って罵り合いになった。

罵り合いは、直ぐに斬り合いになった。

二人の旗本と二人の尾張藩の家来は、及び腰で刀を振り廻した。

行き交う人々は、悲鳴を上げて逃げ惑った。

旗本たちと尾張藩の家来たちは、逃げ惑う町方の者たちを巻き込んで斬り合った。

呼び子笛が鳴り響いた。

和馬、幸吉、勇次が駆け付けて来た。

旗本と尾張藩の家来は、慌てて逃げようとした。

幸吉が鉤縄《かぎなわ》を放った。

鉤縄は、逃げようとした旗本の袴に巻き付いた。

幸吉は鉤縄を引いた。

旗本は、前のめりに倒れた。

勇次が飛び掛かり、十手で叩き伏せた。

和馬は、尾張藩の家来に追い縋り、十手で殴り飛ばした。

旗本と尾張藩の家来が一人ずつ捕まり、残る二人が逃げ去った。

幸吉と勇次は、十手で打ちのめされて気を失っている旗本と尾張藩の家来に素早く縄を打った。

和馬は、辺りを見廻した。

昌平橋の袂の柳の陰には、男が倒れていた。

「柳橋の、勇次……」

和馬は、倒れている男に駆け寄った。

「おい。どうした……」

男は年寄りの職人であり、背中を斬られて気を失っていた。

和馬は愕然とした。

老職人は、旗本と尾張藩の家来の斬り合いに巻き込まれたのだ。

「和馬の旦那……」

幸吉と勇次が駆け付け、息を飲んだ。

「誰か、医者はいないか……」

和馬は、取り囲んでいる通行人に怒鳴った。


恐れていた事が起きた。

久蔵は激怒した。

旗本と尾張藩の家来の斬り合いに巻き込まれたのは、錺職《かざりしょく》の老職人だった。

和馬、幸吉、勇次は、老職人を医者の許に担ぎ込んだ。

医者は、懸命の手当てをして老職人の命は辛うじて助かりそうだった。

「そいつは良かった……」

久蔵は頷いた。

「はい。ですが、町方の者が巻き込まれました。私がもう少し早く駆け付ければ……」

和馬は項垂れた。

「和馬、お前の不手際じゃあない。それに悔やんでいる暇があるなら、捕らえた旗本と尾張藩の家来を容赦なく締め上げるぜ」

久蔵は、溢れんばかりの怒りを押し殺して告げた。


大番屋の詮議場は、暗く冷たく静寂に満ちていた。

久蔵と和馬は、旗本の大原純之助を詮議場に引き据えた。

「大原純之助か……」

久蔵は、大原純之助を鋭く見据えた。

「俺は直参旗本だ。町奉行所に調べられる謂《いわ》れはない」

大原は、不服そうに声を引き攣らせた。

「馬鹿野郎。手前らの所為で何の罪もない年寄りの錺職が生きるか死ぬかの瀬戸際だ。只では済ませねえ」

和馬は、怒りを押し殺した声で告げた。

「大原は、恐怖に突き上げられた。

「大原、旗本の大原重蔵は、倅の純之助は既に勘当し、大原家とは何の拘りもないと云って来たぜ」

「そ、そんな……」

大原は、激しく狼狽えた。

「大原重蔵は倅のお前より、先祖代々続く大原家を選んだ。それだけだ」

久蔵は、冷ややかな笑みを浮べた。

大原は項垂れた。

「大原、手前は既に浪人、町奉行所の支配だ。罪科は俺たちの選り取り見取り。覚悟するんだな……」

和馬は、嘲りを浮べた。

大原は、恐怖に震えた。

「大原、お前は旗本本多源之丞と連《つる》み、尾張藩江戸下屋敷の京一郎と争っていたな」

「はい……」

「何故だ……」

「えっ……」

大原は、戸惑いを浮べた。

「何故、本多源之丞たちと尾張の京一郎たちは揉め始めたのだ」

久蔵は尋ねた。

「そう云えば、何だろう……」

大原は眉をひそめた。

「何だと……」

和馬は苛立った。

「気が付いた時は、出遭ったらいつも揉めて、喧嘩になって……」

「揉めて喧嘩になった理由、良くわからないのか……」

久蔵は眉をひそめた。

「はい……」

大原は頷いた。

旗本本多源之丞たちと尾張藩の京一郎たちは、大して深い理由もなく喧嘩をしているのだ。

愚か者が……。

久蔵は、新たな怒りを覚えた。

「ならば大原、本多源之丞と連んでいる者共の名を教えて貰おう……」

久蔵は、大原純之助を厳しく見据えた。

「秋山さま……」

南町奉行所定町廻り同心の水沢信吾が詮議場に入って来た。

「おう。どうした信吾……」

「はい……」

信吾は、引き据えられている大原を冷たく一瞥した。

「構わない。用は何だ」

「はい。尾張藩江戸留守居役の服部勘兵衛どのがお逢いしたいと、南町奉行所でお待ちにございます」

信吾は報せた。

「尾張藩江戸留守居役の服部勘兵衛……」

久蔵は、不敵な笑みを浮べた。

「はい……」

「よし……」

久蔵は、大原純之助の調べを和馬に任せて詮議場を出た。

南町奉行所の座敷には、西日が差し込んでいた。

「お待たせ致しましたな……」

久蔵は、尾張藩江戸留守居役服部勘兵衛の待つ座敷に入った。

「吟味方与力の秋山久蔵です」

久蔵は、初老の服部勘兵衛に挨拶をした。

「拙者、尾張藩江戸留守居役の服部勘兵衛です。此度は我が藩の者が御造作をお掛け致しているようですな」

服部は、御三家江戸留守居役としての貫禄を窺わせた。

「左様。貴藩家中の松崎竜之進、昼日中、昌平橋の袂で刀を抜き、行き合わせた銹職の年寄りを斬り、深手を負わせた罪は重い。我ら南町奉行所が仔細を調べ、大名家御支配の大目付と評定所に報せる所存です」

久蔵は、服部を厳しく見据えた。

「秋山どの、それは間違いないのですな」

服部は、久蔵に探る眼を向けた。

「如何にも。松崎竜之進には尾張藩家中の者に仲間がおりましてな。普段から徒党を組んでは旗本と小競り合いを起こし、町方の者に迷惑を掛けて被害を与えている。此度の一件もその一つ。我ら南町奉行所としては、既に徒党を組む尾張藩家中の者共に町方の者に被害が及んだ時は、只では済まぬと忠告している。だが、どうやら、忠告は聞かぬと決めたようだ。ならば、たとえ御三家尾張藩家中の者でも容赦は無用……」

久蔵は、服部の反応を窺った。

「秋山どの、我が藩家中で徒党を組んでいる者とは……」

服部は訊き返した。

惚けている……。

「ほう。流石は御三家尾張藩江戸留守居役どの、家中の者共がどうなっているかなど、些細な事とみえますな」

久蔵は嘲笑した。

「秋山どの……」

服部は、微かに狼狽えた。

「徒党を組んでいる者は、築地下屋敷の京一郎なる愚か者と取り巻きの者共……」

久蔵は云い放った。

「京一郎……」

服部は眉をひそめた。

「左様。京一郎なる愚か者。江戸市中で徒党を組んでいるのを見付け次第、問答無用でお縄にするか、抗えば斬り棄てる迄……」

「斬り棄てる……」

「如何にも。江戸市中の治安と町方の者を護る為には、手立ては選ばぬ……」

久蔵は、不敵な笑みを浮べた。

「左様か……」

服部は、久蔵を見据えて頷いた。

最早、秋山久蔵を懐柔するのは無理だ。

「尤《もっと》も貴藩の出方次第では、大目付や評定所に報せず、南町奉行所内だけで早々に始末が出来ぬ事もないが……」

久蔵は告げた。

「ならば秋山どの……」

服部は、小さな笑みを浮べた。

「何かな……」

久蔵は、服部を冷ややかに見据えた。

庭先の木洩れ日が激しく揺れた。


本郷御弓町の旗本本多屋敷は静寂に覆われていた。

雲海坊と清吉は、本多屋敷を見張っていた。

「雲海坊、清吉……」

幸吉と勇次が、和馬と一緒にやって来た。

「親分、和馬の旦那……」

雲海坊と清吉は迎えた。

「源之丞に動きはないようだな」

幸吉は、本多屋敷を一瞥した。

「ええ。さっき二人の若い旗本が来ただけです……」

清吉は告げた。

「此のまま引き籠もって熱を冷まそうって魂胆ですかね」

雲海坊は苦笑した。

「そうはさせねえ……」

和馬は、腹立たしげに告げた。

「じゃあ……」

幸吉は、和馬の指示を仰いだ。

「うん……」

和馬は頷いた。

幸吉は、懐から手紙を出して本多屋敷の潜り戸に向かった。

「和馬の旦那……」

雲海坊は眉をひそめた。

「ああ。秋山さまが引き摺り出せとな……」

和馬は、嘲笑を浮べた。

幸吉は、潜り戸を叩き、顔を出した中間に何事かを告げて手紙を渡した。

江戸湊は煌めいた。

築地尾張藩江戸下屋敷は、潮の香りと鷗の鳴声に包まれていた。

由松と新八は、堀割に架かっている仙台橋の袂から尾張藩江戸下屋敷を見張っていた。

五人の武士は、足早に尾張藩江戸下屋敷に入って行った。

「尾張藩の家来ですかね……」

新八は眉をひそめた。

「ああ、きっとな……」

由松は、厳しい面持ちで頷いた。

「変わりはないか……」

着流しの久蔵が、塗笠を目深に被ってやって来た。

「秋山さま……」

由松と新八は迎えた。

「今、尾張藩家中の者と思われる五人の武士が下屋敷に……」

由松は、久蔵に報せた。

「そうか……」

久蔵は頷いた。

「秋山さま……」

由松は眉をひそめた。

「うむ。尾張藩は京一郎に腹を切らせ、取り巻きの者共を藩から追放すると約束した」

久蔵は、尾張藩江戸留守居役の服部勘兵衛との約束を教えた。

「じゃあ、尾張藩にしてみても、京一郎は邪魔者だったんですかね」

由松は読んだ。

「ああ。殿さま一族の余り者。愚かな真似をしでかし、公儀に知れたら尾張藩も只では済まず、大きな傷が付く、それ故、此幸いと引導を渡す……」

久蔵は、尾張藩江戸下屋敷を見据えた。

尾張藩江戸留守居役の服部勘兵衛は、久蔵との約束通りに事を冷徹に進めている。

流石は御三家尾張藩江戸留守居役だ……。

久蔵は、服部勘兵衛の果断さと剛毅さを知った。

尾張藩江戸下屋敷の表門前の船着場に、屋根船が船縁を寄せた。

屋根船から家来が下り、江戸下屋敷に入って行った。

僅かな刻が過ぎた。
六人の家来たちが、若い武士を取り囲んで下屋敷から出て来た。
「京一郎ですぜ……」
由松は、家来たちに取り囲まれている若い武士を示した。
京一郎は、怯えた獣のような顔で家来たちに取り囲まれて船着場に向かった。
尾張藩江戸上屋敷は外濠に架かっている市谷御門外にある。
服部勘兵衛は、京一郎をせめて上屋敷で切腹させてやろうと思ったのだ。
京一郎は、屋根船で市谷御門外の尾張藩江戸上屋敷に連れて行かれる。
久蔵、由松、新八は見守った。
刹那、京一郎は狂ったような咆哮《ほうこう》をあげて隣の家来の刀を抜き取り、一閃した。
隣の家来は、血を飛ばして倒れた。
「秋山さま……」
由松と新八は驚いた。
「うむ……」
久蔵は眉をひそめた。
京一郎は、咆哮をあげて家来たちに白刃を振るった。

「お止め下さい。京一郎さま……」

家来たちは、主筋《しゅすじ》の京一郎に遠慮して必死に止めようとした。

「退《ど》け、退け……」

京一郎は、血に塗れた刀を握り締めて久蔵、由松、新八のいる仙台橋に駆け寄って来た。

「退け……」

京一郎は怒鳴り、久蔵に斬り掛かった。

久蔵は、僅かに腰を沈めて抜き打ちの一刀を放った。

京一郎は、胸元を斜に斬り上げられて立ち竦み、大きくよろめいて堀割に落ちた。

水飛沫が上がった。

家来たちは立ち尽くした。

久蔵は、夕陽に煌めく水飛沫を眩しげに眺めた。

四

北ノ天神真光寺の鐘は、亥の刻四つ(午後十時)を報せた。

本多屋敷は寝静まった。

幸吉、雲海坊は、或る旗本屋敷の中間長屋を借り、斜向いの本多屋敷を見張り続けていた。

「親分、和馬の旦那が御出です……」

外を見張っていた勇次と清吉が、和馬を誘って中間長屋の小部屋に入って来た。

「おう。御苦労だな」

和馬は、幸吉と雲海坊を労った。

「和馬の旦那、何か……」

幸吉と雲海坊は迎えた。

「うん。尾張藩の京一郎、殿さまから切腹を命じられて血迷い、家来を斬り棄てて逃げようとして秋山さまに斬られた……」

和馬は、清吉の淹れた茶を啜った。

「京一郎が……」

雲海坊は眉をひそめた。

「うん……」

「そうですか。秋山さまに斬られましたか……」

幸吉は頷いた。

「ああ。尤も直接の死因は、堀割に落ちての溺死だがな……」

京一郎は、溺れ死んだのだ。

「哀れな野郎ですね。南無阿弥陀仏……」

雲海坊は、京一郎を哀れんで経を呟いた。

「残るは旗本本多源之丞だ……」

和馬は、中間長屋の武者窓に近寄り、本多屋敷を眺めた。

本多屋敷は、辻行燈を瞬かせていた。

「明日ですか……」

「うん。本多源之丞、明日、どう出るか……」

「ええ……」

幸吉は頷いた。

夜は静かに更けていく。

「柳橋の、みんな……」

武者窓から本多屋敷を見ていた和馬が、緊張した声で幸吉たちを呼んだ。

幸吉、雲海坊、勇次、清吉が武者窓に寄った。

本多屋敷の表門脇の潜り戸が開き、二人の若い侍が出て来た。

二人の若い侍は、辺りを油断なく窺った。そして。不審がないのを見定めて潜り戸内に声を掛けた。

本多源之丞が潜り戸から現れた。

二人の若い侍は、本多源之丞を促して本郷通りに向かった。

本多源之丞は続いた。

「本多源之丞だ」

和馬は見定めた。

「はい……」

幸吉は頷いた。

「清吉……」

「はい……」

勇次は、清吉を促して中間長屋を素早く出て行った。

「和馬の旦那……」

「うん。夜更けに何処に行くのか……」

幸吉と和馬は、雲海坊を残して続いた。


本多源之丞は、二人の若い侍と本郷通りを横切り、切通しを下谷に進んだ。

勇次と清吉が追い、和馬と幸吉が続いた。

本多源之丞と二人の若い侍は、人気のない下谷広小路を抜けて御徒町の組屋敷街に入った。


御徒町の組屋敷街は寝静まっていた。

本多源之丞と二人の若い侍は、一軒の組屋敷の木戸門を潜った。

二人の若い侍は、辺りを見廻して木戸門を閉めた。

勇次と清吉は見届けた。

「どうした……」

幸吉と和馬がやって来た。

「あの組屋敷に入りましたよ」

清吉は、本多源之丞たちが入った組屋敷を示した。

組屋敷に明かりが灯された。

「本多源之丞の奴、此処で旅仕度をして江戸から逃げる気かも……」

勇次は睨んだ。

「野郎、秋山さまの面談の申し込みに恐れをなしたようだな」

和馬は苦笑した。

「きっと。下谷の御徒町で仕度をして江戸から逃げるとなると、千住《せんじゅ》から水戸街道か奥州街道ですか……」

幸吉は読んだ。

「うん。おそらく、夜明けと共に出立するつもりだろう」

和馬は頷いた。

「じゃあ、勇次、此の事を秋山さまに御報せしてくれ」

幸吉は命じた。

「承知、じゃあ……」

勇次は、寝静まっている御徒町から八丁堀の秋山屋敷に向かった。

「清吉、お前は笹舟に走り、由松と新八を呼んで来い」

「合点です」

清吉は走った。

和馬と幸吉は、本多源之丞たちの入った組屋敷を見張った。

組屋敷に明かりは灯されたままだった。


不忍池に朝靄《あさもや》が漂った。

下谷御徒町の組屋敷街は、夜明けの時を迎えた。

和馬と幸吉は、駆け付けた由松と新八、清吉と本多源之丞たちの入った組屋敷を見張り続けた。


組屋敷の木戸門が開いた。

本多源之丞が旅仕度を整え、塗笠を目深に被って出て来た。

二人の若い侍が続いて現れた。

「世話になったな」

本多源之丞は、二人の若い侍に礼を述べた。

「いえ。千住大橋迄、お送りしますよ」

「済まぬな。ならば……」

本多源之丞と二人の若い侍は、忍川を渡って山下に向かった。

行き先は千住大橋……。

由松と新八は、本多源之丞と二人の若い侍の前を進んだ。

和馬、幸吉、清吉は、本多源之丞と二人の若い侍を尾行た。

本多源之丞と二人の若い侍は、和馬や幸吉たちに囲まれているとも知らず山下から奥州街道裏道に進んだ。

下谷坂本町、下谷御簞笥町《おたんすまち》、金杉町と進んだ頃、旅人や行商人の姿が見受けられるようになった。

「どうしますか……」

幸吉は眉をひそめた。

「うん。千住の宿に入られれば、いろいろ面倒だ。その前にお縄にするか……」

和馬は眉をひそめた。

「ええ。朱引の内で始末した方が良いでしょうね」

幸吉は頷いた。

本多源之丞と二人の若い侍は、下谷三ノ輪町から下谷通新町を抜けて牛頭天王《ごずてんのう》社《しゃ》の前を東に曲がった。

その先には小塚原町があり、北に進むと隅田川に架かっている千住大橋だ。

「よし……」

和馬は、足取りを速めた。

幸吉と清吉は続いた。


本多源之丞と二人の若い侍は、牛頭天王社前から小塚原町に出た。

小塚原は鈴ヶ森と並ぶ獄門台のある刑場であり、江戸の出入口にあって旅人に法を破った時の恐ろしさを伝えていた。

本多源之丞と二人の若い侍は、小塚原の刑場の前に差し掛かった。

塗笠を被った着流しの武士が、刑場の前に佇んでいた。

本多源之丞と二人の若い侍は、緊張した面持ちで立ち止まった。

「やあ。本多源之丞だな」

着流しの武士は、塗笠を取って本多源之丞に笑い掛けた。

秋山久蔵だった。

「おぬしは……」

本多源之丞は、久蔵に怪訝な眼を向けた。

「俺かい。俺は南町奉行所の秋山久蔵だよ」

久蔵は名乗った。

「秋山久蔵……」

本多源之丞は驚き、身構えた。

勇次、由松、新八が現れた。

本多源之丞と二人の若い侍は、後退りして背後を窺った。

和馬、幸吉、清吉が迫って来ていた。

本多源之丞と二人の若い侍は、既に取り囲まれているのに気が付いた。

「本多源之丞、俺はお前さんの御弓町の屋敷か南町奉行所で逢いたかったのだが、詮議や裁きを端折《はしょ》って小塚原で逢うとはな……」

久蔵は苦笑した。

「わ、私に何用だ……」

本多源之丞は、嗄れ声を引き攣らせた。

「徒党を組んで尾張藩の連中と揉め事を起こしては、町方の者たちに迷惑を掛け、深手を負わせた罪は重い。中でも頭のお前は許せるものではない……」

久蔵は、本多源之丞を厳しく見据えた。

「それは、尾張藩の京一郎たちが……」

本多源之丞は、その責めを尾張藩の京一郎に押し付けようとした。

「尾張藩の京一郎は死んだよ」

久蔵は、冷ややかに告げた。

「えっ……」

本多源之丞と二人の若い侍は驚いた。

「お前たちと揉めた尾張藩の連中の頭として、町方の者に迷惑を掛けた責めを取ってな。本多源之丞、次はお前が責めを取る番だぜ」

久蔵は、源之丞に笑い掛けた。

「おのれ……」

本多源之丞は、刀の柄を握り締めて後退りした。

二人の若い侍は、身を翻して逃げようとした。

和馬、幸吉、清吉と勇次、新八が、逃げようとした二人の若い侍に殺到した。

若い侍の一人が刀を抜き、迫る和馬に斬り付けた。

和馬は、若い侍の刀を十手で弾き飛ばした。

若い侍はよろめいた。

幸吉は、よろめいた若い侍を十手で殴り飛ばした。

若い侍は、悲鳴を上げて倒れた。

清吉が飛び掛かり、鼻捻で激しく殴り付けて捕り縄を打った。

和馬は、残る若い侍に迫った。

「お、俺は違う。俺は拘りない……」

残る若い侍は、構えた刀を震わせて必死に訴えた。

「煩せえ。本多源之丞と連んでいる奴らの名は、大原純之助がすべて白状している。拘りがあるかどうかは、こっちが決めるぜ」

和馬は怒鳴った。

幸吉が鉤縄を放った。

鉤縄は、残る若い侍の首に巻き付いた。

残る若い侍は仰け反った。

和馬は、残る若い侍の刀を奪い、激しく蹴り飛ばした。

残る若い侍は、大きく仰け反って仰向けに倒れた。

勇次が飛び掛かって押さえ付け、新八が捕り縄を打った。

一瞬の出来事だった。

本多源之丞は怯んだ。

「本多源之丞、何故に尾張の京一郎と揉めるようになったのだ」

久蔵は尋ねた。

「さあ。何が原因だったのか。気が付いた時には、揉めて小競り合いを繰り返していた」

本多源之丞は苦笑した。

「原因は分らぬか……」

久蔵は眉をひそめた。

「ああ。強いて云えば、尾張の京一郎と俺は似ているからなのかもしれぬ……」

「うむ。愚かな痴《し》れ者と云うのはそっくり同じ、良く似ているな……」

久蔵は嘲笑した。

「黙れ……」

刹那、本多源之丞は、久蔵に鋭い抜き打ちの一刀を放った。
久蔵は、本多源之丞の抜き打ちの一刀を見切って躱し、鋭く踏み込んだ。
本多源之丞は咄嗟に退いた。
久蔵は、続いて踏み込んで刀を抜き打ちに一閃した。
閃《ひらめ》きが走り、血が飛んだ。
久蔵は、残心の構えを取った。
本多源之丞は腹から血を滴らせ、醜く顔を歪めて倒れた。
由松が本多源之丞に駆け寄り、刀を奪って生死を窺った。
本多源之丞は絶命していた。
「秋山さま……」
由松は見定め、久蔵を見上げて首を横に振った。
「うむ……」
久蔵は、残心の構えを解いて刀に拭いを掛けた。
本多源之丞は、尾張藩の京一郎に続いて小塚原で死んだ。
朝陽が昇った。
久蔵は、昇る朝陽を眩しげに眺めた。

小塚原に風が吹き抜けた。

錺職の老職人は、辛うじて命を取り留めた。

久蔵は、事の次第を評定所に報せた。

評定所は、尾張の京一郎と旗本の本多源之丞が既に死亡したのを考慮し、残る者たちを謹慎処分にした。

町方の者たちの被害は、少なくて済んだ。

どうにか始末した……。

久蔵は、微かな安堵を覚えた。

この作品は「文春文庫」のために書き下ろされたものです。

文春文庫

残《のこ》り香《が》

定価はカバーに表示してあります

新《しん》・秋山《あきやま》久蔵《きゅうぞう》御用《ごよう》控《ひかえ》（十一）

2021年8月10日　第1刷

著　者　藤《ふじ》井《い》邦《くに》夫《お》

発行者　花田朋子

発行所　株式会社　文藝春秋

東京都千代田区紀尾井町 3-23　〒102-8008
TEL　03・3265・1211㈹
文藝春秋ホームページ　http://www.bunshun.co.jp

落丁、乱丁本は、お手数ですが小社製作部宛お送り下さい。送料小社負担でお取替致します。

印刷製本・大日本印刷

Printed in Japan
ISBN978-4-16-791735-7

文春文庫　藤井邦夫の本

（　）内は解説者。品切の節はご容赦下さい。

埋《うず》み火《び》
藤井邦夫 秋山久蔵御用控

掘割に袋物屋の内儀の死体が上がった。内儀は入り婿と離縁しておりそれが原因と思われたが、元夫は係わりがないらしい。久蔵は、離縁の裏に潜んでいるものを探る。シリーズ第四弾。

ふ-30-10

乱れ舞
藤井邦夫 秋山久蔵御用控

浪人となった挙げ句に人を斬った幼な馴染みは、「公儀に恨みを晴らす」という言葉を遺して死んだ。友の無念に、〝剃刀〟久蔵は隠された悪を暴くことを誓う。人気シリーズ第七弾。

ふ-30-14

傀儡師《くぐつし》
藤井邦夫 秋山久蔵御用控

心形刀流の使い手、「剃刀」と称され、悪人たちを震え上がらせる、南町奉行所吟味方与力・秋山久蔵の活躍を描くシリーズ十四弾が登場。何者にも媚びない男が江戸の悪を斬る!!

ふ-30-5

余計者
藤井邦夫 秋山久蔵御用控

筆屋の主人が殺された。姿を消した女房と手代が事件に絡んでいると見られたが、久蔵は残された証拠に違和感を覚え、手下にさらなる探索を命じる。人気シリーズ書き下ろし第十五弾。

ふ-30-11

付け火
藤井邦夫 秋山久蔵御用控

捕縛された盗賊の手下が、頭《かしら》の放免を要求して付け火を繰り返した。南町奉行は、久蔵に探索の日切りを申し渡した。久蔵は期限までに一味を捕えられるのか。書き下ろし第十六弾！

ふ-30-15

垂込み
藤井邦夫 秋山久蔵御用控

〝隠居の彦八〟と呼ばれる元盗賊が江戸に舞い戻った。同じ頃、盗賊・蝮の藤兵衛の一味も不穏な動きを見せ始める。はたして両者にかかわりはあるのか？　書き下ろし第十八弾！

ふ-30-22

花飾り
藤井邦夫 秋山久蔵御用控

神田川で刺し傷のある男の死体が揚がった。殺された晩、川の傍にたたずむ女が目撃されていた。さらに翌日、男と旧知の御家人も殺された。二人を恨む者の仕業なのか？　シリーズ第二十弾。

ふ-30-25

藤井邦夫
秋山久蔵御用控
島帰り

女誑しの男を斬って、久蔵が島送りにした浪人が務めを終え江戸に戻ってきた。久蔵は気に掛け行き先を探るが、男は姿を消した。何か企みがあってのことなのか。人気シリーズ第二十二弾。

ふ-30-27

藤井邦夫
秋山久蔵御用控
守り神

博奕打ちが殺された。この男は、お店の若旦那や旗本を賭場に誘い、博奕漬けにして金を巻き上げていたという。久蔵は手下たちとともに下手人を追う。好評書き下ろし第二十四弾！

ふ-30-29

藤井邦夫
秋山久蔵御用控
始末屋

二人の武士に因縁をつけられた浪人が、衆人環視の中、相手を斬り捨てた。尋常の立合いの末であり問題はないと誰もが庇う中、〝剃刀〟久蔵だけが違和感を持った。シリーズ第二十五弾！

ふ-30-30

藤井邦夫
秋山久蔵御用控
夕涼み

十年前に勘当され出奔した袋物問屋の若旦那が、江戸に戻ってきたらしい。隠居した父親は勘当したことを悔い、弥平次に息子捜しを依頼する。〝剃刀〟久蔵の裁定は？　シリーズ第二十七弾！

ふ-30-32

藤井邦夫
秋山久蔵御用控
煤払い

博奕打ちが簀巻きにされ土左衛門になって上がった。博奕打ち同士の抗争らしい。〝剃刀〟久蔵は、わざと双方を泳がせて一網打尽にしようと画策する。人気シリーズ第二十八弾！

ふ-30-33

藤井邦夫
秋山久蔵御用控
花見酒

恋仲の娘を襲った浪人を殺して遠島になった男が、江戸に戻ってきた。だが今、娘には想い人が…。そんな折、島帰りの男の身に危険が迫る。そして新旧ふたりの男がとった行動とは？

ふ-30-34

藤井邦夫
秋山久蔵御用控
野良犬

久蔵や和馬が若い侍に尾行された。かつて久蔵が斬り棄てた浪人の弟らしい。〝野良犬〟のようなその男を前に、身重の香織がいる秋山屋敷は警戒を厳重にするが…。シリーズ堂々完結。

ふ-30-35

（　）内は解説者。品切の節はご容赦下さい。

藤井邦夫
恋女房
新・秋山久蔵御用控（一）
〝剃刀〟の異名を持つ南町奉行所吟味方与力・秋山久蔵が帰ってきた！　嫡男・大助が成長し、新たな手下も加わってスケールアップした、人気シリーズの第二幕が堂々スタート！
ふ-30-36

藤井邦夫
騙《かた》り屋《や》
新・秋山久蔵御用控（二）
可愛がっている孫に泣きつかれた呉服屋の隠居が金を用立ててやると、実はそれは騙りだった。どうやら年寄り相手に騙りを働く一味がいるらしい。久蔵たちは悪党どもを追い詰める！
ふ-30-37

藤井邦夫
裏切り
新・秋山久蔵御用控（三）
大工と夫婦約束をしていた仲居が己の痕跡を何も残さず姿を消した。太市は大工とともに女の行方を追い見つけたかに思えたが、彼女は見向きもしない。久蔵はある可能性に気づく。
ふ-30-38

藤井邦夫
返討ち
新・秋山久蔵御用控（四）
武家の妻女ふうの女が、名前も家もわからない状態で寺に保護されたが、すぐに姿を消した。女は記憶がない〝ふり〟をしているのではないか――。女の正体、そして目的は何なのか？
ふ-30-39

藤井邦夫
新参者
新・秋山久蔵御用控（五）
旗本を訪ねた帰りに柳河藩士が斬殺された。物盗りの仕業ではなく辻斬りか遺恨と思われた。だが藩では事件を闇に葬ろうとしている。はたして下手人は誰か、そして柳河藩の思惑は？
ふ-30-40

藤井邦夫
忍び恋
新・秋山久蔵御用控（六）
四年前に起きた賭場荒しの件で、江戸から逃げた主犯の浪人がどうやら戻ってきたらしい。しかも、浪人を追う男の影もちらついて……。久蔵の正義が運命を変える？　シリーズ第6弾。
ふ-30-41

（　）内は解説者。品切の節はご容赦下さい。

井川香四郎
寅右衛門どの 江戸日記
人情そこつ長屋

駒形の長屋に、容貌魁偉にして博学だが、過去の記憶がないという侍が住み着いた。江戸の騒ぎを次々に解決するこの男は何者なのか。古典落語に材を取った新シリーズ、ここに開幕。

い-79-16

井川香四郎
寅右衛門どの 江戸日記
芝浜しぐれ

人情あふれる駒形そこつ長屋に、すっかり馴染んだ寅右衛門。老妻の記憶を取り戻そうと、海産物問屋の手助けをすることになるが——。古典落語を下敷きにした絶好調シリーズ第二弾！

い-79-17

井川香四郎
寅右衛門どの 江戸日記
大名花火

江戸の長屋暮らしにすっかりなじんだ元・殿様（？）与多寅右衛門のもとに、思惑ありげな謎の老人が、碁を打ちに通ってくる。その狙いは？　シリーズ第三弾は、まさかの急展開！

い-79-18

井川香四郎
寅右衛門どの 江戸日記
千両仇討《あだうち》

なんと本物のお殿様におさまってしまった与多寅右衛門、さっそく藩政改革に乗り出すが。古典落語をモチーフにした人気シリーズ第四弾は、人情喜劇にして陰謀渦巻く時代活劇に？

い-79-19

井川香四郎
寅右衛門どの 江戸日記
殿様推参

潰れた藩の影武者だった寅右衛門どのが、いまや本物の殿様にして若年寄。出世しても相変わらずそこつ長屋に出入りし、仲間とともに幕政改革に立ち上がる。ついに最後？の大活躍。

い-79-20

稲葉　稔
五つの証文
幕府役人事情 浜野徳右衛門

従兄の山崎芳則が札差の大番頭殺しの容疑をかけられた。潔白を証明せんと一肌脱ぐ徳右衛門。が、そのせいで妻のあらぬ疑いを招くはめに。われらがマイホーム侍、今回も右往左往！

い-91-5

稲葉　稔
すわ切腹
幕府役人事情 浜野徳右衛門

剣の腕を買われ、火付盗賊改に加わった徳右衛門。大店に押し入った賊の仲間割れで殺された男により、窮地に立つことに。何よりも家族が大事なマイホーム侍シリーズ、最終巻。

い-91-6